拙者、妹がおりまして❼

馳月基矢

JN053032

双葉文庫

目次

主な登場人物

白瀧千紘（一九）

勇実の六つ下の妹。兄の勇実を尻に敷いている。足が速く、よく笑い、せっかちというか騒々しい。気が強くて、世話焼きでお節介。機転が利いて、何事にもよく気づくのに、自身の恋愛に関しては鈍感。

白瀧勇実（二五）

白瀧家は、家禄三十俵二人扶持の御家人で、今は亡き父・源三郎（享年四六）の代に小普請入り。勇実は長男。母は十の頃に亡くしている（享年三二）。読書好き。のんびり屋の面倒くさがりで出不精。父が始めた本所の手習所（矢島家の離れ）を継いでいる。

亀岡菊香（二一）

猪牙舟から大川に落ちたところを勇実に助けられた。それがきっかけで千紘とは無二の親友に。優しく、芯が強い。剣術ややわらの術を得意とする。長いまつげに縁どられた目元や、おっとりした物腰が美しい。

矢島龍治（二三）

白瀧家の隣家・矢島家にある矢島道場の跡取りで師範代。細身で上背はないものの、身のこなしが軽くて腕は立ち、小太刀を得意とする。面倒見がよく、昔から兄の勇実以上に千紘のわがままをきいてきた。

矢島与一郎（四七）…… 龍治の父。矢島道場の主。
矢島珠代（四四）………… 龍治の母。小柄できびきびしている。
亀岡甲蔵（四七）………… 家禄百五十俵の旗本。小十人組士。菊香と貞次郎に稽古をつけている。
亀岡花恵（四二）………… 甲蔵の奥方。
亀岡貞次郎（一五）…… 菊香の弟。姉とよく似た顔立ち。父の見習いとして勤めに出ている。
お吉（六四）………………… 白瀧家の老女中。
お光（六四）………………… 矢島家の老女中。
おえん（三七）……………… かつて勇実と恋仲だった。

イラスト／Minoru

大平将太(一九) ………… 生家は裕福な家系。千紘と質屋の跡取り息子・梅之助と同い年の幼馴染み。かつては扱いの難しい暴れん坊だったが、龍治の導きで落ち着いた。六尺以上の長身で声が大きい。

岡本達之進 ………… 山蔵に手札を渡している北町奉行所の定町廻り同心。年は四〇歳くらい。細身の体に着流し、小銀杏髷が小粋に決まっている。からりとした気性で町人に人気がある。

山蔵(三六) ………… 目明かし。蕎麦屋を営んでいる。年の割に老けて見える。もともとは腕自慢のごろつき。矢島道場の門下生となる。

伝助(三二) ………… 山蔵親分と懇意の髪結い。細面で、女形のような色気がある。

井手口百登枝(六七) ………… 千紘の手習いの師匠。一千石取りの旗本、井手口家当主の生母。両国橋東詰に建つ広い屋敷の離れに隠居して、そこで手習所を開いている。博覧強記。

おユキ(一五) ………… 百登枝の筆子。

井手口悠之丞(一七) ………… 百登枝の孫。井手口家の嫡男。

酒井孝右衛門 ………… 小普請組支配組頭。年は六〇歳くらい。髪が薄く、髷はちんまり。気さくな人柄で、供廻りを連れずに出歩くことも多い。

尾花琢馬(三〇) ………… 支配勘定。勘定所に勇実を引っ張ろうと、ちょくちょく白瀧家に姿を見せる。端整な顔立ちで洒落ている、元遊び人。

遠山左衛門尉景晋 ………… 勘定奉行。白瀧源三郎のかつての仕事ぶりに目を留める。

深堀藍斎(三一) ………… 蘭方医。

志兵衛 ………… 日本橋の書物問屋「翰学堂」の店主。五〇歳くらいの男やもめ。

佐助 ………… 勇実と龍治の行きつけの湯屋・望月湯の番犬。茶色の毛を持つ雄犬。

勇実の手習所の筆子たち

海野淳平(一二) … 御家人の子。
久助(一一) ………… 鳶の子。ちょっと気が荒い。
白太(一三) ………… のんびり屋で、絵を描くのが得意。
良彦(一一) ………… 鋳掛屋の子。まだ細く高い声。
丹次郎(一〇) ………… 炭団売りの子。
河合才之介(九) … 御家人の子。
十蔵(九) ………… かわいらしい顔立ち。
乙黒鞠千代(九) … 旗本の次男坊。頭がいい。

乙黒郁代 ………… 鞠千代の母。

拙者、妹がおりまして⑦

第一話　湯けむりの罠《わな》

一

妹の千紘《ちひろ》が出先から帰ってきた。

「ただいま戻りました！　よかった、雨に降られずに済んだわ」

うっすらと息を切らしている。急いで歩いてきたのか、あるいは、子供のように走って帰ってきたのかもしれない。十九にもなって、落ち着きのないことだ。

「遅かったたな。百登枝《もとえ》先生とはお話しできたのか？」

白瀧勇実《しらたきいさみ》は、座敷に腰を下ろしたまま、ぐいと体をのけぞらせて、勝手口で汗を拭っている千紘を見やった。

「ええ。今日は百登枝先生の具合がいいみたいだったから、つい長話をしてしまいました。あっ、菊香《きくか》さん！　もう着いていたのね。お待たせしました」

「琢馬《たくま》さんも来ているぞ」

「あら、いらっしゃいませ。今から菊香さんとおやつを作るんです。召し上がってくださいね」

千紘は早口でまくし立てた。座敷に顔を出して、ぺこりと琢馬に頭を下げたと思うと、すぐ台所のほうへ行ってしまう。一人でにぎやかなものだ。千紘が帰ってきただけで、屋敷がぱっと明るくなった気がする。

さーっと涼しい音を立てて、雨が降り出した。

本所相生町《ほんじょあいおいちょう》にある白瀧家の屋敷に尾花《おばな》琢馬が持ってきたのは、一枚の読売《よみうり》だった。江戸で近頃どんなことがあったのか、ちょっとした話をいくつかした後、もったいをつけてその読売を取り出したのだ。

「とんでもなく度胸がよくて手口が鮮やかな盗人《ぬすっと》が現れたらしいんですよ。どこまで本当のことなのか、虚実《きょじつ》入り混じった噂話が飛び交っているんですがね」

勇実は琢馬の手元の読売をのぞき込んだ。思わず大きな声を上げる。

「鼠小僧《ねずみこぞう》だって？」

文政《ぶんせい》六年（一八二三）の四月の終わりのことである。そろそろ梅雨入りしたようで、今日は朝からじめじめしていた。

安っぽい読売は湿気を吸って、文字がじんわりとにじんでいる。ところどころ読みづらくなっているが、盗人の通り名を報じたところだけは、はっきりと勇実の目に飛び込んできた。

琢馬はおもしろそうに、上目遣いで勇実の顔を見やった。

「おやおや、鼠小僧の名にずいぶん驚くんですね」

「ええ……ああ、ええと、同じ名で呼ばれている人をちょっと知っているもので」

「何と。お知り合いですか」

「いや、ですが、でも、まさか……」

勇実はざっと読売に目を通した。

大げさに囃《はや》し立てる言い回しを差し引くと、おおよそ次のようなものだ。

昨夜、某藩の上屋敷《かみやしき》に大胆不敵な盗人が忍び込み、小粒銀《こつぶぎん》をごっそりと持ち去った。見事に盗んだ証《あかし》として、下屋敷《しもやしき》で賭場《とば》が開かれている旨を告発する文《ふみ》が残されていた。藩主は見て見ぬふりをし、賭場から上がる不正な利を懐に収めているという。

「下屋敷の賭場ということは、もしや……」

「この近所だそうですね。あまり詳しいことを言うのは、よしておきましょう。どこで誰に聞かれているかわかりませんから」

「はあ、まあ、確かに」

琢馬はいたずらっぽい笑みを浮かべた。目尻の笑い皺《じわ》には何とも言えない色気がある。

「なかなかおもしろい話でしょう？　勇実さんの手習所の筆子たちも、きっと夢中になりますよ」

「そうですね。これはあの子たちの間で流行《はや》るでしょう」

「でも、おかしな読売だと思いませんか？　大名屋敷に入り込んで、盗みがあった場所に居合わせでもしない限り、そこに賭場がどうこうという文が置かれていたなどと、妙に詳しいことは書けないはずです」

「まあ……ええ。妙ですよね」

「あるいは、鼠小僧自身が読売を刷ってばらまいている、という線も考えられますよ」

「盗人がわざわざそんなことをするでしょうか？」

勇実は問いをいったん口に出したが、いや、と頭を左右に振った。もしもその盗人が、勇実の知る鼠小僧と同じ人物であるのなら、読売をばらまくらいのことはやりかねない。

千紘が台所から顔をのぞかせた。

「兄上さま、大きな声なんか出していましたけれど、どうしたんですか？」

外はざあざあと音を立てて雨が降っているし、台所でおしゃべりをしてもいたらしい。おかげで千紘には、勇実と琢馬の会話がよく聞こえなかったようだ。

亀岡《かめおか》菊香が千紘と共に、茶と蒸したての饅頭《まんじゅう》を盆に載せて、座敷にやって来た。小首をかしげて勇実に言う。

「鼠小僧、と聞こえた気がしましたが」

勇実は読売を畳の上に置いた。

「そうなんですよ。琢馬さんが持ってきた読売に、鼠小僧のことが書かれていて」

「えっ、読売に？　江戸の？」

「どういうことですか？」

千紘と菊香はおやつの支度もそこそこに、読売をのぞき込んだ。額を寄せ合って読売の文言を拾い読みする。

「本当だわ。鼠小僧って書いてある。どこかのお殿さまのお屋敷に忍び込んだのね。しかも、盗みのついでに、藩が隠してきた悪行を暴き立てたですって？」

「あのときの手口とそっくりですね。賭場で不正な利を得ていた者をこらしめる、というところも。いえ、ひょっとして、箱根《はこね》の件とこたびのことはつながっているのでは？」

「じゃあ、もしかして、さっきすれ違ったのも……」

千紘と菊香は顔を見合わせる。

その間に琢馬は手際よく茶を注《つ》ぎ分け、車座になった四人の前に饅頭を供《きょう》した。菊香が「恐れ入ります」と頭を下げるのを、ひらひらと手を振ってさえぎる。

「このくらい、かまいませんよ。自分の屋敷にいるときは、茶を淹《い》れるのも料理をするのも、気が向いたときには自分でやっていますから」

平然と言ってのけるが、琢馬は旗本の嫡男《ちゃくなん》である。自身も父と同じく、勘定所《かんじょうしょ》でお役に就いている。勘定奉行の遠山左衛門尉景晋《とおやまさえもんのじょうかげみち》の子飼いでもあって、支配勘定というお役の職分を越えて、陰日なたなく動き回っているらしい。

勇実の亡父も、小普請入《こぶしんい》りして手習所を開く前は、勘定所に勤めていた。そこからの細い縁が不思議な具合につながって、一年半ほど前、勇実は琢馬と知己《ちき》になった。年は琢馬のほうが五つ上だが、何となく反りが合う。

千紘の親友である菊香も、旗本のお嬢さんだ。千紘が十九で、菊香は二つ上の二十一である。

菊香の父は小十人組士《こじゅうにんぐみし》のお役に就いているものの、暮らし向きはさほど裕福というわけではないらしい。屋敷には老いた小者《こもの》がいるだけで、女中は雇っていない。おかげで菊香は家事の一切が得意だ。

菊香と知り合った縁も不思議なもので、ほんの偶然だった。菊香が大川《おおかわ》に落ちるところを見ていたから、水練《すいれん》の得意な勇実がとっさに泳いで助けに行ったのだ。

あのときの、後先考えずに水に飛び込んだ自分を、よくやったと誉めてやりたい。菊香の命を救うことができたのは本当に幸運だった。

たまにこうして菊香が白瀧家を訪ねてくれる日は、胸が温かく高鳴って、くすぐったくて仕方がない。勇実は平静なふりを装っているつもりだが、どれほどごまかせているのだろうか。

読売に目を落とす菊香の横顔に、今もまた勇実は目を惹かれていた。伏せがちなまつげの長さであるとか、少し尖《とが》った顎の形であるとか、まるで初めて気づいたかのように、いちいち胸をつかれてしまう。

こんな間柄のままでいい。勇実は改めてそう思う。菊香が厭《いと》うことなくここに来て、元気な姿を見せてくれるだけで、勇実にとっては十分なのだ。

千紘は読売の隅々にまで目を通し、ようやく満足したようだ。

「後で龍治《りゅうじ》さんにも教えてあげなくちゃ。でも、ここに書かれていることは、どれくらい真実なのかしら？　すべてが嘘というわけではない気がしてしまうのだけれど」

眉間《みけん》に皺を寄せる千紘に、琢馬が応じた。

「某藩の上屋敷に盗人が入ったことは本当のことみたいですね。殿さまは国許《くにもと》におられるそうで、上屋敷に人が少なく、警固《けいご》が手薄だったとか」

「琢馬さまは早耳ですね」

「おもしろそうな話だったので、少し調べてきたんですよ。皆さんに驚いてもらえると思ってね」

「さすがです。びっくりしています」

「そうですか？　私の驚きのほうが大きいと思いますがね。だって、江戸で噂が広まる前から、皆さんは鼠小僧のことを知っていたんですよね？」

「ええ、まあ……箱根でちょっと、いろいろあったので」

琢馬はおもしろがっている。

「いろいろとは？　箱根で何があったというんですか？」

勇実と千紘と菊香は、何となく目配せし合った。

説明しようにも、いくぶん込み入った話だ。七日間の箱根逗留《とうりゅう》の間にあんな大捕物《おおとりもの》に巻き込まれようとは思いもしなかった。

千紘のまなざしに促されて、勇実は口を開いた。

「私たちがなぜ急に箱根に行くことになったか、という話はしましたよね？」

「ええ。お隣の矢島《やじま》道場の与一郎《よいちろう》先生の伝手《つて》で、箱根の剣術道場へ武者修行をしに行ったんでしょう？」

武者修行、という厳《いか》めしい言い回しに笑ってしまいながら、勇実はうなずいた。

「与一郎先生の昔馴染《むかしなじ》みの剣術家、佐伯欣十郎《さえききんじゅうろう》先生が郷里の箱根で道場を開く傍ら、用心棒稼業をしておられるんですよ。与一郎先生は前々から『いつか来いよ』とせっつかれていたらしく、こたびこそはというわけで、とんとん拍子《びょうし》に話がまとまったんです」

欣十郎は三月にふらりと江戸に出てきた。初めに姿を見たときは、山賊の親玉のような人が訪ねてきた、と思ってしまったものだ。

欣十郎の左頬には古傷があり、そのせいで肌がいくらかねじれている。笑うと、左の上唇が古傷に引っ張られてめくれ上がり、歯茎《はぐき》も大きな八重歯も剝《む》き出しになって、異様な迫力が出るのだ。おまけに薄汚れた旅姿で、無精ひげを剃ってもいなかった。

矢島道場に数日逗留する間、欣十郎は、勇実を含む門下生をこてんぱんに叩きのめした。与一郎とは互角の勝負だった。「爺さんになっても勝負し続けるだろうな」と笑い合う姿は、何とも言えずまぶしかった。

その欣十郎からの、武者修行の誘いである。矢島道場の門下生のうち、仕事などの都合をつけられる者は、意気揚々《ようよう》として箱根行きを決めたのだった。

「初めはただ、向こうの道場の師範代《しはんだい》や門下生たちと一緒に汗を流し、手合わせをして、温泉につかったり箱根権現《ごんげん》にお参りに行ったりしよう、というだけの話だったんですがね」

勇実はつい苦笑した。

顔を見合わせる千紘と菊香も、困ったような笑みを浮かべている。

琢馬は身を乗り出した。

「初めからおしまいまで、じっくり話を聞かせてくださいよ。燕助《えんすけ》からも意味深《いみしん》な手紙をもらって、気になっていたんです。一体全体、箱根でどんな捕物に出くわしたんですか？」

少し気の早い五月雨《さみだれ》がざあざあと音を立てている。雨脚《あまあし》がいくらか弱まるまでは、琢馬も帰路に就けないだろう。

勇実は茶で口を湿した。

「では、お話ししましょう。私たちが江戸を発ったのが四月十七日の朝、箱根に着いたのが十九日の昼八つ（午後二時）頃でした」

二

千紘はすっかり疲れ果てていた。

沐浴《もくよく》で汗と埃《ほこり》を流すだけで、精いっぱいだった。通いの女中が用意してくれた浴衣《ゆかた》をまとうと、割り当てられた四畳半の部屋で布団の上に倒れ込んだ。

日はまだ沈んでいないが、もう駄目だ。もう動けない。

脚の付け根や膝、くるぶしがじんじんと熱い。夕餉《ゆうげ》の支度の手伝いどころではない。休んでいてよいと言ってもらえたのは幸いだった。

「歩きすぎて脚が痛いわ。それに、肩も腕もおなかも背中も、体じゅうが凝り固まっているみたい」

千紘の弱音を聞いてくれるのは菊香だ。

当然ながら同じ道のりを歩いてきたのに、菊香はしゃんとしている。朝からずっと日差しを浴びていたため、笠をかぶっていたにもかかわらず、日焼けをした頰が少し赤い。

菊香はにこりと微笑《ほほえ》むと、千紘の顔をのぞき込んだ。

「三日で二十四里余り（約九十八キロメートル）も歩きましたからね。途中に長い坂道もありましたし。脚、さすってあげましょう。少しは楽になりますよ」

「ええっ、そんな、悪いわ。菊香さんだって疲れているでしょう？」

「わたしのことは気にしないで。千紘さん、脚がすっかりむくんでいますよ。これはつらいはずですね」

菊香は千紘のくるぶしからふくらはぎへ、ほどよい力加減で押し上げていく。手指の熱が心地よい。千紘は思わず嘆息した。

「ああ、気持ちいい……」

「人の体は、気、血、水から成り立っているというでしょう？　それらの巡りが悪くなると、体が痛んだり病んだりします。立ちっぱなし、歩きどおしで疲れた脚は、水が上へと巡っていけなくなって、下のほうにたまる一方になるんだそうです」

「お医者さまみたい。菊香さんは本当に何でもできるんですね。医術のことも按《あん》摩《ま》の技も知っているだなんて」

「見よう見まねですよ。わたしの父、按摩や骨接《ほねつ》ぎの技においては、玄人《くろうと》はだしの腕前なんです」

「あら、与一郎おじさまみたい。与一郎おじさまも、道場で怪我人が出たときは少しも慌てず、さっと手当てをするんです。菊香さんの父上さまも、よく体を鍛えていらっしゃるから、怪我も身近なんでしょう？」

「そうなんです。父は暇さえあれば鍛錬《たんれん》鍛練で、怪我をすることも昔からたびたびあって。体を鍛えるのは番方《ばんかた》の務めとはいえ、さすがにやりすぎですよね。もうさほど若くないのですから、ほどほどにすればよいのに」

菊香の父の亀岡甲蔵《こうぞう》の、小十人組士という役目は、お城の警固を担うのが本来の役割だが、屈強な武士が武器を執《と》らねばならない場面など、千紘には思い描くこともできない。今はすっかり泰平の世で、戦《いくさ》など起こりようがないのだ。お城に詰めている武士の多くも、同じように考えてのんびり構えているのではないか、と千紘は勘繰ってしまう。小耳に挟んだところによると、懐具合が寂しい武士は、本物の刀を質に入れて家計の足しにし、代わりに竹光《たけみつ》を差して体裁《ていさい》を整えているという。

そんなご時世だというのに、甲蔵はずいぶんと昔気質《むかしかたぎ》な侍なのである。自分で鍛錬を怠らないだけでなく、菊香にも竹刀《しない》を握らせて武術の稽古をつけていた。菊香の足腰が強いのも、きっと幼い頃から鍛えられているためだろう。

千紘はほっと息をついた。

「江戸を発って、初日は鶴見《つるみ》の宿場を通って、武蔵国《むさしのくに》から相模国《さがみのくに》に入って戸塚《とつか》まで。二日目の昨日は戸塚から、平塚《ひらつか》で一休みして小田原《おだわら》まで。今日は小田原から、難所の山登りをして箱根まで。本当に長い道のりだったわ」

「そうですね。しかも、男の人の脚についていかねばならなかったから、大変でしたよね」

「昨日がいちばんきつかったの。小田原が遠くて遠くて、どんなに歩いてもたどり着かないみたいでした。朝のうちは下り坂で楽だったし、海際は風が心地よかったのに、平塚を過ぎてからがとても長かったわ」

「初めの下り坂で張り切りすぎたかもしれません。皆、どんどん早足になってしまいましたもの。歩いている間は上《のぼ》り坂のほうが苦しく感じられますけれど、足腰にこたえるのは下り坂なんですよ」

「大磯《おおいそ》から見える富士山や松並木の道は風流な眺めだって聞いていたのに、ほとんど目に入りませんでした。上り下りがずっと続くでしょう？　上るときも下るときも脚が痛くて、小田原はまだか、小田原はまだか、とだけ考えていたわ」

千紘はため息をついた。

先頭を軽やかに進んでいくのは、矢島道場の跡取り息子、龍治だった。

龍治は、いい景色を見つけたり名所に行き着いたりするたびに、元気な声を上げて皆に知らせた。遅れがちな千紘のところまで走ってきて、励ましたりもしてくれた。余裕のない千紘にとって、常に元気いっぱいで溌剌《はつらつ》とした龍治の姿は、恨《うら》めしいばかりだったが。

並の男よりいくらか小柄な龍治は、そのぶん身が軽くて疲れにくいらしい。日頃は師範代として道場に詰めており、朝から晩まで動き回って鍛えてもいる。

千紘と菊香の荷物は、龍治の提案で、男たちが順繰《じゆんぐ》りで持ってくれていた。当然、龍治もその当番に含まれていたが、荷物を増やして坂を上っても、さほど大変そうな様子を見せなかった。

龍治は齢《よわい》二十三。体力も技量もまだまだ伸び続けている。つらいはずの鍛練にも目を輝かせて挑む姿が、千紘にはまぶしい。

「わたしもちょっと体を鍛えようかしら。歩くだけでぐったりしてしまうのでは、あんまりにも情けないわ」

菊香は優しい手つきで、千紘の太ももをとんとん叩いてくれている。

「落ち込まないでください。おなごは、殿方とは体の造りが違うのですよ。比べられるものではありません」

「でも、菊香さんは強いじゃないですか。そんじょそこらの男より腕が立つし足腰も強いって、与一郎おじさまも言っていました。わたしも菊香さんみたいに格好よくなりたいわ」

千紘はむくれた。菊香は微笑み交じりで、話題を変えた。

「今日歩いた道は石畳が敷かれていたおかげで、ずいぶん歩きやすかったですね。杉の並木が強い日差しをさえぎってくれて、木漏《こも》れ日《び》が優しくて、心地よい道でした」

「坂がきつかったけれど、石畳だから助かりました。ぬかるんだ土の道じゃなくてよかったわ」

「行く手に芦《あし》ノ湖《こ》が見えたときは、ようやく箱根に着いたのだとわかって、心が躍りましたね。山に囲まれた湖の景色も、とてもきれいで」

「わたし、ほどんど覚えてません。もうふらふらだったもの」

「ふらふらになりながらも、おしまいまで自分の脚で歩いた千紘さんはえらいですよ。お金を払って駕籠《かご》かきを雇って、駕籠に乗って箱根の難所を越える人だっているようですから」

箱根湯本《ゆもと》では、「江戸の駕籠屋なんかとは比べ物にならない」という足腰自慢の駕籠かきたちが客引きをしていた。

千紘は思い出し笑いをした。

「箱根湯本でひと休みしていたら、兄上さまがいつの間にか駕籠に乗せられかけていたときは、ちょっとおもしろかったわ」

「びっくりしましたね。難所越えの駕籠かきも多少強引な客引きをしないと、やっていけないのでしょうか。初夏の今は歩きやすい季節で、駕籠を使う人が少ないのかもしれませんね」

勇実が駕籠かきの客引きに引っ掛かったことをはじめ、門下生の一人が茶屋に忘れ物をしたり、別の者が寝坊して出立《しゅったつ》が遅れたりなど、ちょっとした問題はいくつか起こった。

それでも、総勢十人の面々が誰ひとり怪我や病気をせずに箱根に到達できたのはよかった。一行を率いる与一郎も、ほっとした顔を見せていた。

「ああ、でも、やっぱり悔しい！　わたしばっかりくたびれて、皆は元気なんですもの。いつも鍛えている龍治さんや与一郎おじさまはともかく、ぐうたらな兄上さままで、すたすた歩いていたでしょう？　もう、何なのかしら」

菊香はくすくす笑って、優しい声で言った。

「ずるいですよね、殿方は。男に生まれついたというだけで、たいていの人は、女よりも体力があるし、膂力《りょりょく》も勝《まさ》っていますから。うらやましくなりますよね」

「本当にうらやましいわ。だからと言って、男の人になりたいわけではないけれど」

「そうですか？　わたしは、男に生まれたかった。そうすれば跡取りになれて、両親を安心させられたでしょう。剣の腕ももっと上がったはず。その思いは、ずっと抱えたままですよ」

千紘は、うつ伏せになったまま顔を傾けて、菊香のほうを見た。

「でも、わたし、菊香さんが女だからこんなに仲良くなれたと思うんです。菊香さんが男の人だったらだなんて、想像もできません」

「わたしは少し想像できるけれど。きっと勇実さまに千紘さんとの縁談を申し込んで、龍治さまと果たし合いをする羽目《はめ》になっていたでしょう」

「からかわないで。どうしてそこで龍治さんが出てくるんですか」

千紘の膨《ふく》れっ面《つら》に、菊香はため息をついた。いや、声を立てずに、そっと笑ったようだ。

「女同士でよかったと思っていますよ。旅路を歩く間じゅうずっと一緒にいられたのも、今こうして脚をさすってあげられるのも」

「わたし、菊香さんが箱根まで一緒に来てくれて、すごく嬉しいんです。一緒に旅ができるなんて、夢みたい」

嘘偽りのない気持ちだった。普段、千紘は本所、菊香は八丁堀《はっちょうぼり》に住んでいて、そう頻繁に会えるわけではない。だからこそ、二六時中一緒にいられるのは特別で、それだけで心が躍るのだ。

「わたしもですよ、千紘さん。誘ってもらえて、すごく嬉しかった。毎日こうやって一緒に過ごせたらいいのにと、思ってしまいますね」

菊香は喉を鳴らすようにして、くすくすと笑った。その控えめな笑い方は心地よく、千紘の耳をくすぐった。

相模国・箱根に剣術道場を構える佐伯欣十郎は、かつて同門で腕を競い合った矢島与一郎と今でも誼《よしみ》を通じている。

欣十郎は彫りの深い顔立ちで、左頰は古傷によって少しねじれており、がっしりとした体つきをしている。いかにも子供には怖がられそうな風貌だ。言葉遣いもいくらか荒く、口ぶりもつっけんどんである。

武蔵坊弁慶《むさしぼうべんけい》を贔屓《ひいき》にしている千紘でさえ、初めは欣十郎の迫力に少し気圧《けお》された。与一郎も見た目だけなら十分いかついが、普段の物腰はむしろ穏やかだ。つい比べてしまうと、欣十郎はどうしても恐ろしそうに見える。

とはいえ、怖そうな印象に反して、欣十郎は気さくなところもあった。意外と子供好きなようで、幼い門下生を相手にするときは目つきが和らいだ。

与一郎と欣十郎が一緒にいると、お互い、若い頃の立ち居振る舞いにときどき戻っていた。

いつだったか、ほろ酔い加減の与一郎が、まるで龍治のような口調で欣十郎に絡《から》んでいたのだ。

「おまえとの勝負は結局引き分けばかりに終わるが、人生においては俺が勝ち越してんだからな。珠代《たまよ》は俺と一緒になったからこそ、こんなに幸せそうにしてるんだぞ」

盛大な惚気《のろけ》に、欣十郎は音高く舌打ちをした。

「今から表に出ろ。叩きのめしてやる」

与一郎と欣十郎はかつて恋敵《こいがたき》でもあったという。与一郎の妻であり、龍治の母である珠代を、二人で取り合っていたのだ。

珠代は二人の師匠の姪で、道場で小太刀《こだち》を習っていた。気が強くて腕も立つ鬼《おに》小町《こまち》と評判だったらしい。珠代の心を射止めようと競い合っていたのは、与一郎と欣十郎の二人だけではなかったはずだ。

結局、珠代は与一郎を選んだ。それが大きなきっかけとなって、欣十郎は郷里の箱根に戻ったそうだ。そこで一度は所帯を持ったものの長続きせず、その後は独り身を貫いているという。

欣十郎は逗留している間、何かにつけて珠代を誉めちぎっていた。

「やはり、与一郎にはもったいないほどのいい女だ」

そういう言い回しを、千紘でさえ何度も聞いた。今さら珠代を口説《くど》こうというのではない。与一郎への、やっかみ混じりのからかいである。与一郎が何かと忙しくて珠代に苦労をかけがちなことにも、文句を言いたいらしかった。

珠代は涼しい顔で聞き流していた。与一郎も初めは適当にあしらっていたものの、しまいには辛抱《しんぼう》できなくなって「果たし合いだ。刀を持て！」と怒鳴ってしまうのだ。門下生たちは、日頃は見られない師範の姿に、驚いたり戸惑ったりおもしろがったりしていた。

そうした騒動の間、龍治は始終げんなりした顔をしていた。母親を巡る恋の鞘《さや》当《あ》てを目の前で繰り広げられるなど、それが過去のものであってさえ、とても耐えられないらしい。

「言葉にできねえ気持ち悪さと居たたまれなさがある」

そんなふうに、龍治はこぼしていた。

千紘の実の母は早くに亡くなって、思い出の一つもない。珠代が母の代わりだったが、やはり代わりは代わりなのだろうか。与一郎と欣十郎の若者同士のような争いを目にしても、龍治のようにげんなりした気分には、とてもならなかった。

「いくつになろうとも、与一郎おじさまは珠代おばさまのことが大切で、誰にも取られたくないのでしょう？　欣十郎先生もそれをわかっていて、からかっているのよ。素敵だと思うけれど」

「おなごの目から見ると、大人げない親父たちの姿も、そんなふうに映るんだな。いくつになっても仲睦《なかむつ》まじいのは結構だが、息子の目が届かないところでやってくれってんだ」

こたびの箱根逗留《すいじ》には、珠代も誘われていた。門下生ばかりで押し掛けるより、洗濯や炊事ができる女手がついているほうがよい、というのも実情だった。

何事もなければ、珠代も二つ返事で旅支度に取りかかったことだろう。しかし、こたびは江戸を離れられないわけがあった。

目明かしの山蔵《やまぞう》から「うちのかみさんをよろしく頼みます」と頭を下げられているのだ。

山蔵の妻は二月に初めての子を産んだのだが、産後の肥立《ひだ》ちがいくぶん思わしくない。無理はさせられないということで、隣近所のおかみさん連中だとか、山蔵の捕り方仲間の妻だとかが、順繰りに母子の世話を焼きに行っている。

珠代はどうしても山蔵一家のほうが気にかかってしまうのだった。だから箱根へは行けない、千紘さんひとりでお行きなさい、と言った。

千紘は少し悩んだ。顔馴染みとはいえ、男ばかりに交じっての旅路というのも、何だか味気ない気がしたのだ。

そこで、ふと思いついた。菊香さんが一緒に来てくれればいいのに、と。

駄目でもともとだと割り切って、千紘は菊香を誘ってみた。そうしたら、意外なことに父甲蔵の許しが出たという。菊香の弟の貞次郎《ていじろう》がうまく立ち回ってくれたらしい。

「貞次郎ったら、物は言いようですよね。二度も縁談がぶち壊しになった姉が気《き》鬱《うつ》を患《わずら》いかけておりますので、箱根へ湯治《とうじ》に連れていきとう存じます、と父や上役に頼み込んだんですって」

齢十五の貞次郎は、すでに父と同じ小十人組のお役に就くべく、見習いとして勤めに出ている。詰所《つめしょ》でも菊香の縁談の件は有名なのだ。

一度目の縁談が壊れたとき、菊香は家出騒ぎを起こしてしまった。菊香が大川に落ちたところを、泳ぎが得意な勇実が中心となって助けた。心がふさいでいた菊香は、しばらく白瀧家の屋敷に逗留していた。

二度目の縁談は無道《むどう》なものだったが、貞次郎が烈火のごとく怒って突き返した。その武勇伝に至っては、詰所で話題どころか、深川界隈《ふかがわかいわい》で唄ができるほど知れ渡っている。

そういうわけだったから、菊香が箱根に来るにあたっては、もちろん貞次郎も一緒についてきた。


「姉上！　どこです？」

貞次郎の声が少し遠くから聞こえてきて、千紘ははっとした。菊香に脚をさすってもらうのが心地よくて、うとうとしていたらしい。

千紘は呻《うめ》きながら体を起こし、浴衣の襟元を整えた。それを確かめてから、菊香が部屋の障子を開けた。

夕日を浴びる庭に、貞次郎がいた。勇実と龍治も一緒だ。

貞次郎は額の汗を拭いながら、こちらへやって来た。

「姉上と千紘さんはひと休みできましたか？」

菊香がうなずいた。

「沐浴をして、さっぱりしたところ。貞次郎たちは？」

「箱根権現にお参りに行ってきました！　広々としたところだと聞いていたとおりです。江戸の名所ほどには混み合っていなくて、空気が厳《おごそ》かでした。姉上も箱根権現に行きたいんですよね？　明日、一緒に行きましょう！」

貞次郎は、菊香とも似た目元を楽しそうにきらきらさせている。日に焼けた頬が赤いのも、姉弟で同じだ。

千紘は気を引き締めてみたものの、やはり疲れが顔に出てしまっているらしい。貞次郎を追ってきた龍治が、千紘の顔を見て眉をひそめた。

「顔色が悪いな。大丈夫か、千紘さん？」

「脚がくたびれてつらいだけです。一晩休んだら、きっとよくなるわ」

「だから、負《お》ぶってやるって途中で言ったのに」

「お荷物扱いされるなんて、まっぴらごめんです」

「いや、そんなつもりはないんだけど」

「じゃあ、子供扱いですか？　縁日で歩き疲れた幼い子供じゃないんですから、脚がくたびれているくらいで、負ぶってもらいたくありません」

千紘は舌を出した。

「夕餉の前に少し眠るといい。夕餉ができたら、女中さんに声を掛けてもらうようにするから。菊香さん、千紘のことを頼めますか？」

「はい。お任せください。わたしももう少し休みたいと思っていますし。ね、千紘さん」

菊香が気遣わしげに千紘の顔をのぞき込んだ。千紘は意地を張りたかったが、体のあちこちが悲鳴を上げている。

「しばらく横になります」

しぶしぶ認めると、菊香が外の三人に会釈《えしゃく》して、障子を閉めた。

外はまだ明るい。こんなに明るくては眠れるはずもないと思ったのに、布団の上に倒れ込んだ後のことは、ほとんど覚えていない。

夕餉のときに起こされはした。が、起き上がるのが億劫《おっくう》で、お茶だけもらって、うとうとしていた。夢とうつつの狭間《はざま》をさまよっていたように思う。菊香が夕餉から戻ってくると、何だか安心して、あとは泥のように眠った。

翌朝目を覚ましたときには、体の痛みはずいぶん楽になっていた。

三

こたびの箱根路で最も株を上げたのは将太だろう、と勇実は思う。身の丈《たけ》高く、体が頑丈で疲れ知らずなのを活《い》かして、皆が食べるぶんの米を背負って歩いてきた。のみならず、旅慣れたところを見せてくれた。

大平《おおひら》将太は、本所に屋敷を持つ御家人《ごけにん》の三男だ。御家人といってもご公儀のお役には就かず、一家そろって医者をなりわいとしており、かなり裕福である。

そんな家族の中にあって、幼い頃の将太は鬼子《おにご》のような扱いだった。力があり余っており、じっと机に向かうことができず、たびたび大暴れしていたせいだ。体が大きくなるばかりで、言葉が出るのが遅かったためでもある。

将太を変えたのは、矢島道場での剣術稽古だった。将太を好きに暴れさせながら、龍治が稽古をつけてやったのだ。鬼子の将太も、四つ年上で体を動かすのが得意な龍治には、さすがに歯が立たなかった。

毎日ぼろぼろになるまで、将太は龍治に立ち合いの稽古を挑み続けた。そうするうちに、将太はおのずと落ち着いていった。己の力を抑えたり操《あやつ》ったりするやり方が身についたらしい。

机に向かえるようになると、将太の学びはびっくりするほど伸びた。勇実の父、源三郎《げんざぶろう》は手習所で十年ほど教えていたが、その中で最も優れた才を示したのが将太だった。

将太は手習所で学びの手ほどきを受けた後、より深い学問を求めて、京へ赴《おもむ》いた。十五の頃から二年ほど、漢学の私塾を営む学者のもとに寄宿していたのだ。

国学や漢蘭折衷《かんらんせっちゅう》の医学など、心の赴くままに講義を聴きに行くことができる日々だったという。学問仲間は日《ひ》の本《もと》じゅうから集まってきていた。若い者ばかりではなく、隠居して息子に店を譲った大旦那などもいた。

また、机にかじりついてばかりでもなかったらしい。比叡山《ひえいざん》や鞍馬山《くらまやま》に登ったり、志賀越《しがご》え道《みち》を歩いて琵琶湖《びわこ》のほうへ行ったり、淀川《よどがわ》沿いの街道で大坂《おおさか》へ出向いたりと、師や学問仲間と一緒に動き回ることも多かった。

そうして二年ぶりに江戸に戻ってきた将太は、見違えるように大人びていた。精悍《せいかん》な顔からは幼さが消え、ひときわ背も伸び、体も厚みを増していた。京にいる間にも、剣術稽古を怠らなかったという。

体つきがすっかりたくましくなった一方で、素直な人柄はそのままだった。人をからかうことはあっても、嘘が苦手で、駆け引きもできない。そういうところが京の学者や学問仲間たちにかわいがられたのだろうと、勇実は思う。将太にとって、箱根路《じ》は京の行き帰りで通った道だった。旅そのものも慣れていた。

だから、草鞋《わらじ》の紐《ひも》でくるぶしに擦《す》り傷ができた仲間を手当てしてやったりとか、軽く感じられる荷造りの仕方を教えたりとか、脚絆《きやはん》の紐の巻き方ひとつで脚のむくみを防いでみせたりとか、ちょっとした知恵で皆の旅を助けていた。

越えていくものだなあ、と勇実は思った。

父の筆子であり、千紘と同い年の幼馴染みである将太のことを、何とも頼りないと感じていたこともあった。この頃は、とてもそうではない。

その将太は今、剣術道場で汗を流している。

実力伯仲《はくちゅう》の手合わせは長引いていた。

相手は佐伯道場の筆頭の、銑一《せんいち》という男だ。勇実と同い年の二十五で、生まれ育ちは上方だという。話す言葉には、いまだに上方訛《なま》りが残っている。その言葉遣いを、将太は懐かしいと言った。京で過ごした日々を思い出すのだ。

上背《うわぜい》がある将太の太刀筋は、重たいものがどすんと降ってくるかのようだ。

対する銑一は、守りを主《しゅ》とした動き方をしている。もし将太の木刀をまともに受け止めれば、あまりの威力に腕が痺《しび》れてしまう。銑一はその愚《ぐ》を避け、勢いを搦《から》め捕って受け流す。そういうやり方で、将太をいなしている。

「うまい人だな。あっという間に将太の太刀筋を読んでしまった」

勇実は銑一の剣技に舌を巻いている。勇実も将太と手合わせをするときは、往々《おうおう》にして、今の銑一のような動き方になる。

ただし、銑一は将太の底なしの体力を読み誤っているかもしれない。あれほど重い斬撃を繰り出し続ければ早々にくたびれるはずだ、と踏んでの守りなのだろうが、どっこい、将太は多少のことでは音《ね》を上げない。

その上、銑一は決め手の技を欠くのかもしれない。ここぞという瞬間がたびたびあるものの、打ち込む力が弱かったり判断が遅かったりして、将太を打ち取ることができずにいる。

欣十郎の剣術道場は、用心棒の詰所を兼ねている。門下生のうち十名ほどが、用心棒稼業をもっぱらにしているという。そのほかの門下生としては、近所の子供らが月に何度か、習い事のように通ってくるらしい。

勇実はその話を聞いて、少し不思議にも思った。欣十郎には悪い噂があるというのに、荒っぽい用心棒たちの詰所へ、親は子供を通わせるものだろうか。

しかし、江戸の矢島道場で見た感じでは、確かに欣十郎は幼い門下生の指南に慣れているようだった。

佐伯道場の門下生にそれとなく尋ねてみたが、はぐらかされた。結局、欣十郎の箱根での立ち位置はよくわからないままだ。

用心棒稼業の男たちは、わけありの者ばかりらしい。

例えば銑一は、身分違いの駆け落ちを約束した相手に裏切られ、郷里にいられなくなった。別の者は、子減らしのために奉公に出され、そこでさんざんいじめられ、やり返して相手を半殺しにし、箱根に逃げてきた。

欣十郎自身も、わけありの類《たぐい》である。幼い頃から喧嘩が強いのが自慢で、腕試しのために江戸に出た。道場破りを試みたところ、江戸にはもっと強い者がいくらでもいて、そのまま剣術修業に明け暮れることになったらしい。

勇実はあくびを嚙《か》み殺した。

昨夜、歩き疲れていたはずなのに、よく眠れなかった。我知らず、気持ちが高ぶっていたようだ。これから七日間、見も知らぬ土地で過ごすのだ。ほんのささいなことでも新鮮に感じられて、せわしないくらいにわくわくしている。

しばらく手習所を休みにすると伝えたとき、筆子たちは「勇実先生はずるい！」と大騒ぎをした。千紘も龍治も将太も一緒に行くし、実は菊香まで一緒なのだと告げると、ますます大騒ぎになった。

筆子たちには、「みやげを買って帰るし、みやげ話もたくさんしてやる」と約束してある。

さて、あの子たちは何を喜ぶだろうか。

ふわりと考えを巡らせかけたところで、またあくびが出かかった。勇実は下を向いてごまかした。

龍治が勇実のあくびを目ざとく見つけて、ひょいと寄ってきた。

「目を覚ますために、もう一回、手合わせに行ってくるかい？」

勇実は苦笑した。

「私や龍治さんのときは、欣十郎先生が出張《でば》ってこられるんだろう？　さっきさんざん打ちのめされたので十分だ」

「ひでえ目に遭ったよな」

龍治も顔をしかめてみせた。

剣術の勝負には相性がある。たとえ格上が相手でも、勇実と龍治がそれぞれ挑めば、どちらかは勝ち筋の手掛かりを見出せるものだ。

勇実は銑一ほどではないが、守りが堅い闘い方をする。龍治は身の軽さを活かし、素早く仕掛けて手数が多い。

たいていの者は、どちらかの戦型を苦手とする。相手の苦手を見出したら、あとは、嫌がる戦術をどんどん仕掛けて追い詰めれば、最後には一本くらい取れるのだ。

思い返してみれば、勇実と龍治の二人がかりで相手の攻め口を探る闘い方は、手強《てごわ》い兄弟子がいた十代半ばの頃に編み出したものだ。二人にとっては、すっかり慣れた戦法である。

だから、勇実も龍治を真似て、普段より速い攻めへと切り替えることができる。龍治も、相手がくたびれ果てるまで守りに徹するやり方もできる。

と、そのはずだったのだが、与一郎や欣十郎が相手では、この戦法でもまったくもって歯が立たない。

日頃から勇実や龍治の手の内をよく知っている与一郎は、なかなか倒せなくても仕方ないとしよう。しかし、欣十郎がまた、とてつもなく強い。今のところ、勝ち筋はまったく見えない。力の差がここまであると、かえってすがしいと思えるほどだ。

わぁっと声が上がった。ようやく決着がついたらしい。

銑一が将太の面を打った。防具をつけていたとはいえ、よほど強く打ったらしい。銑一は将太に大丈夫かと尋ねている。将太のほうは、けろりとしている。

手合わせに区切りがついたところで、休憩《きゅうけい》を挟むことになった。

芦ノ湖に流れ込む清流に浸し、やかんごと冷やしていた麦湯を、千紘と菊香が持ってきた。やかんにふつふつと冷たい露がついている。

勇実は冷たい麦湯を飲み干して、千紘に声を掛けた。

「もう体はつらくないか？」

「朝起きたときはまだいくらか凝り固まっているみたいだったけれど、動いているうちに楽になってきました。菊香さんの言うとおりね」

千紘は菊香に笑顔を向けた。菊香も微笑みを返す。

貞次郎がうずうずした様子で口を開いた。

「姉上、昨日も今朝もゆっくり話せなかったでしょう？　教えたいことがあったんです」

「何の話？」

「お宝の噂を聞いたんですよ！　昨日、箱根権現にお参りに行ったときに、私ひとりになったところで、屋台で餅を売っている人からこっそり教えてもらったんです。いい話があるから、お兄さんだけに教えてあげるよ、と」

「それは、わたしたちもここで聞いていい話なの？」

「いいと思いますよ。だって、わくわくする話ですから。お宝というのは、刀なんです。あるはずもないと言われていた刀が見つかって、今、この箱根で見られるんだそうです。お金を出せば特別に見せてもらえるらしいんですよ！」

「その刀とは？」

「源《みなもとの》 義経《よしつね》公が奥州《おうしゆう》平泉《ひらいずみ》で自害するときに用いた、今剣《いまのつるぎ》という短刀です！」

「義経公が平泉で命を落としたのは、今から六百年以上も前でしょう。もしも本当にその頃の刀が見つかったのなら、確かにすごい話だけれど」

　菊香は首をかしげた。

　源義経は箱根権現と縁がある。源平合戦の後、その活躍を兄頼朝《よりとも》に疎まれた義経は、兄弟の縁が切れぬようにと祈願して、佩刀《はいとう》の薄緑丸《うすみどりまる》を箱根権現に奉納した。その太刀は今でも箱根権現の宝物庫にあるという。

　しかし、勇実もまた首をかしげた。

「私が昨日聞いた噂話と、少し違うな。私も一人で立て看板を読んでいるときに、あなたにだけ教えようと言われて、話を聞かされたんだが。箱根のどこかでお宝を特別に見せてもらう手もあるらしい。そのお宝が刀であるというところは同じだ。でも、別の刀だ」

貞次郎は目を丸くした。

「今剣じゃなかったら、どんな刀を見せてもらえるという噂だったんですか？」

「薄緑丸だ」

珍しいことに、菊香がちょっと大きな声を上げた。

「えっ？　薄緑丸ですか？」

しかも、勇実のほうをまっすぐに見つめて、身を乗り出してきている。

勇実は面食らいながらうなずいた。

「ええ、私が聞いた話では、いくばくかの金を出せば、箱根権現に奉納されている薄緑丸をこっそり見せてもらえる、と。きちんとしたご開帳だとか、虫干しのついでというわけではないようです。あくまでも、金を払った者にだけこっそりと、だそうです」

「薄緑丸といえば、曽我《そが》兄弟が仇討《あだう》ちのときに用いた太刀ですよね。源義経によって箱根権現に奉納されていましたが、その数年後、父の仇討ちに際して弟の曽我五郎《ごろう》が箱根別当《べっとう》によって貸し与えられたのが薄緑丸です。兄の十郎《じゅうろう》は、木曽《きそ》義仲《よしなか》公の佩刀だった微塵丸《みじんまる》を借りたようですね」

「そうでしたね。『曽我物語』には、箱根が重要な舞台として登場しますよね。弟の五郎は、齢十一の頃に箱根別当のもとに預けられて、一時は仏道修行に励んでいた」

「五郎の幼名の箱王《はこおう》というのも、箱根権現にちなんでつけられたといいます。箱根は曽我五郎にゆかりのある地なのです」

普段は口数が少なく、おっとりとしゃべる菊香が、いくぶん早口になっている。語り口にもずいぶん熱が込められている。

そういえば、と勇実は思い出した。

去年の五月、菊香が勇実の手習所に花びら染めを教えに来てくれたことがあった。そのとき『曽我物語』の話になったのだが、菊香は曽我五郎が好きだと言っていた。危なっかしくて目が離せない、というようなことを理由に挙げていた。ひょっとすると、あのときの控えめな言い方よりも実はずっと熱心に、菊香は曽我五郎を贔屓にしているのかもしれない。

『曽我物語』は仇討ち物の傑作として名高い。もととなった物語は、曽我兄弟の仇討ちが成されてすぐの頃、源頼朝が存命のうちから細々と語られ始めたのではないか、といわれている。

幼い頃に父を狩り場で亡くした曽我十郎と五郎の兄弟は、長じて二十と二十の頃、敵である工藤祐経《くどうすけつね》を討った。征夷大将軍《せいいたいしょうぐん》、源頼朝が催した富士裾野《すその》の狩り場でのことだ。狩りは当時の武士にとって、戦を模《も》した修練の場であり、陣営を同じくする者が一堂に会《かい》するので、重要な政《まつりごと》の場でもあった。

五郎は仇討ちに向かう前、兄と共に箱根権現に立ち寄っている。仏道修行を投げ出して還俗《げんぞく》し元服したことへの詫びと、荒くれた魂を持つ自分にも仏の道を教えてくれたことへの礼を、箱根別当に告げた。

その折、箱根別当が五郎に託したのが、源義経ゆかりの宝刀、薄緑丸だ。

「菊香さんは、もしその機に恵まれるのなら、薄緑丸を見てみたいのですね？」

勇実の問いに、菊香は満面の笑みで答えた。

「もちろんです。触れることは許されないでしょうが、見られるものなら、ぜひそばで見てみとうございます」

夢見るような目をしている菊香に、龍治が言いにくそうに告げた。

「あのさ、俺が聞いた話は、残念ながら薄緑丸じゃなかったな。刀ですらなかった。箱根権現に奉納されてる木像だって。万巻上人《まんがんしょうにん》っていう坊さんの姿を彫ったやつで、ありがたいご利益があるって話だったけど」

千紘が目をぱちぱちさせた。

「万巻上人といったら、源義経公や曽我兄弟よりずっと古い時代の人でしょう？ 確か、『万葉集《まんようしゅう》』が編まれたのと同じくらいの頃ですよね」

「そうなのか。千紘、よく知ってるな」

勇実が言うと、千紘は満足そうに小鼻を膨らませた。

「百登枝先生から聞いてきたんです。箱根に行くという話をしたら、箱根権現の由来について教えてくださったの。一万巻にも及ぶ経典を読んだから、万巻と呼ばれるようになったお坊さんが、仏の教えと山の神への祈りを一つに束ねて、箱根権現を建立《こんりゅう》したんですって」

龍治が腕組みをし、首をひねった。

「しかし、変な感じがするよな。俺と勇実さんと貞次郎で、聞いた話がそれぞれ違う。どの話がどのくらい本当なんだろう？」

落ち着きを取り戻した菊香が、長いまつげを伏せた。

「そうですよね。おかしな話です。あの薄緑丸を、赤の他人がたやすく見せてもらえるはずもありません。お宝の噂は、何かおかしいと疑ってかかるほうが正しい気がします」

千紘が、あっと声を上げた。

「もしかして、盗人たちが箱根に入り込んでいるというのも、そのお宝を狙ってのことなのかしら？」

勇実は目を見張った。龍治も菊香も貞次郎もその話は初めて耳にするようで、びっくり顔になっている。

千紘は説明した。

「昨日、わたしは夕餉をとらずに母屋で寝ていたでしょう？　菊香さんが夕餉のために部屋を離れたとき、うつらうつらしながら、半ば起きてもいたの。そうしたら、欣十郎先生が門下生の誰かとしゃべっているのが聞こえて」

「それが、盗人の噂？」

龍治の合の手に、千紘はうなずいた。

「関八州《かんはっしゅう》を荒らし回っている、悪名高い盗人たちなんですって。『てれこ』という通り名がどうとかって言ってました。それから、関八州云々《うんぬん》の盗人たちとは別に、鼠小僧という盗人もいるんですって。今の箱根は盗人だらけだって、欣十郎先生がおっしゃっていたわ」

勇実と龍治は目を見合わせた。お互い、そんな物騒な話は何も聞いていない。箱根に着いて早々、道を尋ねた茶屋でちらっと「くれぐれも気をつけなよ」と警告されはしたが。

貞次郎がまじめくさった顔で言った。

「姉上と千紘さんは一人で出歩かないほうがいいかもしれませんね。ここは、慣れた江戸の町ではないんです。気をつけてください」

龍治は貞次郎の頭にぽんと手を乗せた。男としては小柄な龍治よりも、背の伸びきっていない貞次郎のほうがまだ小さく、線も細い。

「貞次郎もだな。男でも、年が若いとか痩せてるとか顔が整ってるとかで、弱そうだと思われちまうと狙われる。一人で出歩いて安全そうなのは、誰よりもでかい将太くらいかもしれねえ」

勇実は話をまとめた。

「皆でそれぞれ気をつけて、一人にならないように気をつければいい、ということだな。だが、お宝の噂は気になるな。誰かがおかしな話に引っ掛かったら厄介だし、寅吉《とらきち》さんに頼んで探ってもらったらどうだろう？」

箱根に同行してきた寅吉は、もとは町のごろつきまがいだった。今では矢島道場の門下生であり、目明かしの山蔵のもとで働く下っ引きである。腕っぷしはまったくもって頼りないが、聞き込みに関しては飛び抜けてうまい。

龍治が勇実の提案を呑んだ。

「よし、じゃあ、寅吉と誰かもう一人を組ませて、探索に出そう。ついでに関八州云々の盗人の話も拾えたら御の字だ。親父にも知らせておいて、いざとなったら俺たちが出張って闘えばいい」

突然、勇実の後ろから低い声が聞こえた。

「骨折り損だと思うがなあ」

いつの間に後ろを取られていたのだろう？　勇実は驚いて振り向いた。

「欣十郎先生」

ぬっと現れた欣十郎が、座り込んだ勇実たちを見下ろしている。そちらに背を向けていた勇実はもちろん、ほかの皆も気づいていなかったようだ。

与一郎もときどき、こんなふうに完全に気配を断ってみせる。優れた剣客《けんかく》にのみできる芸当、ということだろうか。

「すみません、昨日、先生の話が聞くでもなしに聞こえてきてしまって」

千紘の詫びには応えず、欣十郎はぼそりと言った。

「後ろ暗いやつが入り込むなんてのは、箱根じゃあ日常茶飯事《にちじょうさはんじ》だ。そう目くじらを立てるもんでもねえ。藪蛇《やぶへび》で、痛い目を見るぞ」

勇実は眉をひそめた。

佐伯欣十郎という男は、どうにもつかめない。若者同士のように与一郎とやり合っていたかと思えば、金に汚いという噂を立てられ、盗人の噂に関しては脅しのような言葉を吐く。

誰も何も答えられずにいると、欣十郎はついと離れていった。

「さあ、そろそろ休憩は十分だろう。手合わせを再開するぞ」

欣十郎の張り上げる声は、からりとしていた。今しがたとは別人のようだった。

四

箱根に温泉が見つかったのは、都が奈良《なら》に置かれていた頃、天平《てんぴょう》年間のことといわれている。箱根権現が建立されたのよりも、温泉のほうが数十年早いらししい。

豊臣秀吉《とよとみひでよし》の小田原征伐《せいばつ》に際しては、多くの武将が箱根の湯につかり、怪我や体の不調を癒したという。

勇実たちは稽古と手合わせを終えた後、道場からほんの一町（約一〇九メートル）ほどのところにある温泉宿、やぐら屋に向かった。

銑一から聞いたところによると、やぐら屋は古い宿だが、三年ほど前に幽霊騒ぎが起きて、客足がぱったりと途絶えた。老齢だった主《あるじ》は気落ちして、奉公人の行き先を世話してやると、宿を畳んでしまった。

去年、宿の主は亡くなった。それからいくらか経った去年の暮れ頃、おたよという女がやって来て、やぐら屋を再開した。

おたよは、亡くなった主の姪にあたるという。年の頃は三十ほどだろうか。色っぽい年増《としま》で、すっと細く釣り上がった目元のせいか、狐が化けた美女といった風情《ふぜい》である。小田原の生まれだが、箱根に来るまではずっと江戸で働いていたそうだ。

勇実たちは昨日から、やぐら屋の温泉を使わせてもらっている。おたよは欣十郎とねんごろにしているらしい。勇実たちの訪れにも、おたよはいちいち自ら出てきて、にこやかにあいさつする。

「欣十郎先生にはお世話になっておりますんでね、皆さんにも、ご都合のいいようにうちを使ってもらいたいんですよ。もしお望みでしたら、お酒の席でも何でもご用意しますんで」

勇実は「おかまいなく」と断って、さっさと温泉のほうへ向かった。龍治と将太もおたよのことが何となく苦手なようで、黙って頭を下げただけだ。

やぐら屋をおたよが再開して、まだ三月ほどらしい。そのせいなのか、宿は昨日も今日も、客入りが芳《かんば》しくない様子だ。

あまり流行っていないからこそ、勇実たちが温泉を使わせてもらえるのだ。江戸の湯屋は一度入るのに六文《ろくもん》払うものだが、やぐら屋の温泉もそれと同じ額でよいというのだから破格である。

温泉の湯殿は、母屋とは別棟にある。湯屋と同じように番台が設けられており、手代《てだい》がそこに座っていた。

勇実たちは手代に刀を預けた。おたよとよく似た面差《おもざ》しの男である。おたよの兄弟だろう。

湯殿には先客の気配がある。やぐら屋の泊まり客か、矢島道場の門下生か。

手代はきょろきょろと周囲を確かめると、声をひそめて言った。

「ねえ、兄さんがた。実は、昨日はご案内できなかった特別な湯があるんですよ。そっちに行ってみませんか？」

「特別な湯、ですか？」

勇実が問うと、手代は細い目をますます細くして笑った。

「あんまり大きくはないんですがね、外に湯があるんです。ここの裏手に登り口がありますから、その道をちょいと行ってください。芦ノ湖が望めて、見晴らしがいいんですよ。夕日が沈む時分なんて、最高ですから」

「そんなに眺めのいい特別な湯を、私たちが使っていいのですか？　今は持ち合わせがないのですが」

手代は手を振った。

「そんな、お足を上乗せしようだなんて、思っちゃいませんよ。今日は泊まりのお客さんがいないんですが、せっかくの湯を遊ばせておくのももったいないでしょ？　女将《おかみ》がね、ぜひそうしてくださいって言ってたんですよ」

「おたよさんのお計らいですか。しかし、私たちだけというのも気が引けますね」

「江戸からいらっしゃった兄さんがたは八名とうかがってますから、まあ、具合のいいときを見計らって、ほかのかたにも順繰りにお声掛けしますよ」

「お気遣いありがとうございます」

「その代わりと言っちゃあなんですが、何か起こっちまった折には、ぜひともお力添えを。ささ、裏手の竹藪の中の道を、ちょいと上っていってください。後で手前か別の者が、お湯加減をうかがいにまいりますんで」

手代は腰を深く折り曲げて、勇実たちを見送った。

何か起こるというのは、例えば、前の主の頃にあったという幽霊騒ぎのようなもののことだろうか。

青々とした竹藪の間に敷かれた小道を上っていくと、湯けむりがふわりとあたりを包んでいる。

おお、と勇実は思わず声を上げた。

岩敷きの湯がそこにあった。竹藪がいい具合に周囲からの目隠しになっているが、芦ノ湖を見下ろす側の展望は開けている。

勇実と龍治と将太は着物を脱いで、さっそく湯につかった。

旅の疲れと稽古の疲れがないまぜになった体が、熱い湯にじんわりと心地よく包まれる。凝り固まった肩や腰、硬く張った筋が、たちまちほぐれていく。

「何ともぜいたくだな」

勇実は夕暮れ時の空を仰いで嘆息した。江戸の湯屋の薄暗いのとはまるで違う。頰を撫《な》でる初夏の風は、若葉の匂いを含んでいる。

龍治は、将太の肩や背中を見てやっている。米俵を背負ってきた将太は、重さはさほど苦にならなかったらしい。ただ、背負子《しょいこ》が当たるところには、あざや擦り傷ができていた。

「膿《う》んだり腫《は》れたりはしてねえから、大丈夫だろ。それに、箱根の湯は、殊《こと》に打ち身や切り傷なんかに効くらしいぜ」

将太は、ざばざばと湯で顔を洗った。

「戦国武将が湯治を好んだのも、傷の治りが早くなるからだったみたいですね。その頃の傷っていったら、刀で切られたやつも鉄砲で撃たれたやつもあったんでしょうが、両方とも、変な薬を塗り込むより、温泉にじっとつかってるほうが治りがよかった。京で親しくしていた蘭方医《らんぽうい》も、理にかなう治療だと言ってましたよ」

「蘭方ねえ。でも、将太は医者にはならねえんだろ？　親父さんたちとは別の道を行く。勇実さんと同じように、自分なりに学問をやりながら子供らに手習いを指南するってのが、将太の望む生き方だって言ってたじゃないか」

将太は、見事な肉づきの分厚い肩を、しゅんと丸めた。

「そんなふうにできればいいけどなあ……」

勇実と龍治は目を見合わせた。

一昨年、将太が京から戻って以来、何度も交わしてきた会話だ。

将太は実家とうまくいっていない。

家を出ればよい、と言ってやったこともある。今の将太なら、自分で食っていけるだけの銭を稼ぐことができる。将太は知り合いの旗本の屋敷に出向いて子息に手習い指南をしている。そちらがない日は、勇実の手習所の手伝いだ。

しかし、別の問題もある。お坊ちゃん育ちの将太が一人で暮らすというのが、そもそも難しい。将太は家事ができない。

江戸には一人暮らしの男も多いが、お坊ちゃんの将太と同じく、勇実も一人で生きていく自信がない。ぐうたらと過ごしているうちに、あっという間に干上がってしまうだろう。機転の利く龍治のほうが、まだ何とかできるに違いない。

ならば一人暮らしではなく、将太は誰かと所帯を持てばいいのではないか。その話もまた、軽々しくは口にできない。二十五にもなって独り身の勇実が、まず総攻撃を食らうことになる。

行儀悪く、口元まで湯につかって、ぶくぶくとため息をつく。うっすらとした塩味が唇の間から染みてくる。このあたりの温泉は少し塩辛く、かすかに独特な臭いもする。そこも江戸の湯屋とは違うところで、何とも興味深い。

不意に、調子っぱずれの歌声が聞こえてきた。男の声だ。誰かが竹藪の小道を上ってきているらしい。

「手代さんかな？　後で様子を見に来ると言っていたが」

小道から姿を見せたのは、見覚えのない男だった。浅黒い肌をした、ちょっとした色男だ。顎に、目立つほくろがある。年の頃は、勇実よりいくつか上だろう。

「ひえもんでござい。失礼しますよ」

男は軽妙な口調で断ると、あっという間に裸になって、湯に入ってきた。すぐそばに近づかれてわかったが、存外背が低い男だった。頭も肩も手も、全体として勇実より一回り小さいのだ。

小男は、湯につかっていても大きい将太を見上げ、へえ、と声を上げた。

「あんた、でっかくて格好いいねえ。腕っぷしも強そうだ」

素直な将太は、団扇《うちわ》のような手を振ってみせた。

「腕っぷしは俺よりも、こちらの二人のほうがずっと上です。俺は力が強いばっかりで」

男は、そうかい、と言って笑った。両方の頬にえくぼができる。愛敬《あいきょう》のある笑い方だ。人の懐にすっと潜り込んでくるような感じがある。

勇実は首を巡らせ、景色を見やった。

芦ノ湖は鏡のように凪《な》いで、夕暮れ時の陽光をきらきらと映している。

湖のほとりには建物の屋根がひしめいている。手前に見えるのは元箱根の町で、左手奥が箱根宿だ。人々がそれぞれの宿に引っ込んでいく。

竹藪越しに、すぐ真下に見えるのが、湯殿の屋根である。江戸で通い慣れた望《もち》月湯《づきゆ》と違って、ここの湯殿には男湯と女湯の区別がない。箱根のような湯治場では、混浴が当たり前であるらしい。

むろんと言おうか、千紘は大声を上げて混浴を嫌がった。

「武家の女が、夫でもない殿方の前で肌を晒《さら》すなんて、とんでもないことです！混浴は絶対に駄目ですからね。兄上さま、何とかしてください！」

勇実もそれには同意である。妹の裸を見る男がいるかもしれないと考えるだけで、妙にむかっ腹が立つものだ。

菊香についても、貞次郎が嚙みつきそうな勢いで訴えの声を上げた。

だから、欣十郎とやぐら屋に頼んで、千紘と菊香が湯に入る間は男客を遠ざけてもらうことになっている。当然ながら、矢島道場の面々も、勇実や貞次郎もだ。

男は勇実のまなざしを追って、話しかけてきた。

「いい眺めでしょ。この湯に入れるとは、兄さんがたは運がいいねぇ」

「先ほど、手代さんからもそう勧められましたよ。夕暮れ時の芦ノ湖の眺めは素晴らしいと」

「でも、実はね、この湯にはまだもう一つ、見所があるのさ。もうちょい待ったら、女将あたりが教えに来るかもしれねえが、江戸っ子は待つのが嫌いと来ている。だから手前がお教えしやしょう。芦ノ湖よりももっといい眺めがあるってぇ話さ。どうだい？」

龍治は勘繰った。

「へえ、富士山でも見えるのかな？　ここからじゃあ、山が邪魔になって、富士山がある北西の方角は見通しが利かないみたいだけど」

男はにんまり笑った。

「富士山くらい、湖畔をちょいと北に歩いていきゃ、いくらでも見えらあ。それより特別なやつなんだよ。金払いが特にいい客だけがその眺めを堪能できるって寸法なんだが、兄さんたちには特別にただで教えてあげやしょう」

男はざぶんと立ち上がると、竹藪の一角から突き出した太い竹筒を指差し、将太を手招きした。

「ほら、ここ、のぞいてみな」

将太は素直に言葉に従い、わくわくした様子で近づいていって、竹筒に顔を寄せた。

だが、その広い背中に、びくりと震えが走った。将太はそのまま体を強張《こわば》らせ、うんともすんとも言わずに固まった。

湯で温まった背中や肩から、汗と湯気が噴き出している。

「将太、どうした？　何が見えるんだ」

龍治が訝《いぶか》しんで、そばに寄り、将太の腕を叩いた。

その途端、将太は、水から上がったばかりの犬のように、大きく体を震わせた。竹筒からのけぞり、両腕を振り回しながらひっくり返る。

「う、うわぁぁあ！」

将太は絶叫し、盛大なしぶきを上げて湯の中に尻もちをついた。傍らの龍治も大柄な将太の巻き添えを食らってひっくり返ってしまう。

勇実は面食らった。

「将太、大丈夫か？」

「お、俺はだ、大丈夫ですが、あ、あの……どうしよう、こんなのは約束が違う。申し訳なくて、ああ……」

将太は、まるで湯あたりしてしまったかのように真っ赤になっている。

勇実は首をかしげ、竹筒をのぞいてみた。将太が何に慌て、あるいは怯《おび》えているのか、確かめなければならない。

そこに見えた眺めは、くっきりとはしていなかった。湯気でいくぶん曇ったような、水滴で少しにじんだような像である。

鏡を二つ三つ使った遠眼鏡《とおめがね》、のぞき眼鏡の一種だ、と直感で察した。手習所で筆子たちと一緒に、そうしたものを作ったことがあるのだ。

少ししてわかった。竹藪の中に隠されたのぞき眼鏡は、すぐ真下にある建物の中をとらえているらしい。すなわち、湯殿の様子である。

「な……」

何だこれは、とでも言おうとしたのだったか。

とっさには声が出なかった。

鏡が映し出した像は、若い女のしなやかな背中だった。二人並んだその女たちの背格好には、ありすぎるほど見覚えがあった。

千紘と菊香である。のぞかれているなどと、露《つゆ》も考えていない様子だ。

勇実は、かっと頭に血が上るのを感じた。思わず歓びを覚えかけた自分にも腹が立った。勢いよく振り向きながら、勇実は声を荒《あら》らげた。

「武家の女の肌を何だと心得ているんだ！　この……っ！」

男を怒鳴りつけてやろうとした。

その怒声は喉元で霧散《むさん》した。

いつの間にか、男の姿がない。

勇実は苛立《いらだ》ちに任せ、のぞき眼鏡の竹筒を引っ張った。びくともしない。

「くそ、ここに刀を持ってきていれば、中の鏡を砕いてやったのに。外道《げどう》め！」

汚い言葉を口にした勇実に、龍治が目を丸くしている。

将太は、真っ赤に茹《ゆ》だった顔で言った。

「き、菊香さんでしたよね。温泉に入っていたのは」

「千紘もいた」

「金を積んだら、見も知らぬ他人が、その竹筒をのぞくんですよね？　き、菊香さんや千紘さんは、人に肌を見られたくないと言っていたはずなのに、こんなふうに騙されてのぞかれるなんて」

将太は両手で顔を覆《おお》った。その手に力が入っている。息がひどく荒いのは、興奮と怒りのために泣き出してしまったせいではないか。幼い頃の将太は、感情が高ぶると、涙を流しながらわめき散らしていた。

話を呑み込んだ龍治は、湯から上がると、手近な竹の枝を片っ端から折り始めた。何をするかと思えば、枝を竹筒に突っ込んでいく。

「とりあえず、これで誰ものぞけねえだろ。知らねえところから見られてる、のぞかれてるってのは、ただでさえ気持ちの悪いことだ。ましてや、わざわざこんな仕掛けまでこしらえるとは、何て宿だろうな。胸くそ悪い。さっさと上がって、千紘さんたちを迎えに行こう」

龍治の声は、凍りついたかのように静かだった。湯上がりだというのに、怒りを通り越したのか、血の気が引いている。

勇実は湯けむりの中で舌打ちをした。

「出よう。やぐら屋の者たちと話をしたいな。約束が違う。この落とし前をつけてもらわないことには、腹の虫が治まらない」

第二話　憧れの君

一

千紘と菊香が温泉から上がって庭に出ると、石灯籠《いしどうろう》のそばで、勇実と龍治と将太が待ちかまえていた。

その顔つきが何だか硬い。

「兄上さま、どうしたんです？　何だか怒ってません？」

「いや、別に」

「あ、もしかして、わたしたちが入っているのを知ってさんざんお待たせしてしまったからですか？　すっかり長湯してしまって」

「違う」

「あら、でしたらどうなさったの。わたしたち、誰にも迷惑を掛けていませんよ。夕餉の下ごしらえを終えて、手が空いたから温泉に来たんです。夕餉の後は片づけがあって、ゆっくりお湯につかれないし」

朝から飯を炊いたり洗濯をしたり麦湯を冷やしたりと、案外忙しくしていた。休憩してきてよいと女中たちに言ってもらったので、ようやく念願の温泉に入りに来たのだ。

日頃は口数が多い龍治が、腕組みをして押し黙っている。将太は湯あたり気味なのか、火照《ほて》った顔でよそを向いている。

眉間に皺を刻んだ勇実が、短いため息をついて問うた。

「宿の主とは話したか？　三十ほどの年頃の女将だ」

「おたよさんのことでしょう。少しだけならお話ししましたよ。温泉の入り方を教えてもらったんです。湯屋のお風呂とは違うから、湯あたりしないように上ったりつかったりしながら、体が温まってほぐれるまで入るのがいいって」

襷掛《たすきが》けをして裾をからげた格好で、おたよは箱根の湯の効能を教えてくれた。外傷や打ち身に効くほか、体をほぐして気血水《きけつすい》の巡りをよくし、肌を潤わせるという。

千紘の話を聞いて、勇実の眉間の皺が深くなった。

「やはり、初めから仕組んでいたというわけか。千紘たちを湯殿に引き留めた上で、私たちを露天の湯に案内をしたんだ」

「兄上さま、何の話ですか？」

「道場に引き揚げてから話す。女将をつかまえて問い詰めようと思っていたが、しばらく戻らないそうだ。これ以上ここにいても、らちが明かない。帰るぞ。千紘、菊香さん、ここには二度と来てはいけない」

ずいぶんと激しい口ぶりである。千紘は菊香と顔を見合わせた。

佐伯道場へと戻る短い道中、不機嫌のわけを訊いても、勇実たちは口をつぐんでいた。

道場では、すでに夕餉の支度が整っていた。すぐにも食べられるというところだが、勇実と龍治と将太は「後でいい」と断って、欣十郎と与一郎をつかまえた。

「人にあまり聞かれたくないので、母屋《おもや》でお話しさせてもらえますか。かまいませんよね？」

勇実の口調は静かだったが、有無を言わせぬものがあった。欣十郎もつい気圧《けお》されてしまった様子でうなずいた。

一同で車座になると、勇実は手短に事情を話した。

おたよの計らいで特別な湯に案内されたこと。妙に事情通らしい男が現れ、竹筒をのぞくよう指図したこと。竹筒はのぞき眼鏡になっており、湯殿の様子が見えたこと。

「のぞき眼鏡は、鏡を二、三枚使って像を映す仕組みになっていた。私もそれをのぞいてしまったから、仕組みがわかった。事情を知らなかったとはいえ、申し訳ない」

勇実は、千紘と菊香のほうに頭を下げた。

将太が勢いよく平伏した。

「申し訳ありません！　俺が最初に竹筒をのぞきました。菊香さんの背中が見えて驚いて、曲者《くせもの》を取り逃がしました！」

将太の声は大きい。これでは外まで聞こえてしまうかもしれない。

菊香は、這いつくばったままの将太のほうへ膝を進め、肩を優しく叩いた。

「将太さまが見たのは、わたしの姿だけですか？」

「は、はい！　背中だけなんですがごめんなさい！」

「千紘さんのほうは？」

「いえ、菊香さんだけです。俺が見たときは千紘さんはいなかった。だ、だから菊香さんには本当に申し訳ない！」

将太は、耳も首筋も、あわれなほど真っ赤にしている。

「そんなに謝らなくて大丈夫ですよ。見ようとして見たわけではないのですから、気にしないでください」

「か、かたじけない！」

「顔を上げてもらってかまいませんよ。何にしても、この話は伏せておくほうがよいでしょうね」

勇実は、菊香から目をそらしたままうなずいた。

「まったくです。金を積めば特別な湯を使うことができ、さらに金払いがいい客にはその竹筒をのぞかせる仕組みだったようです。たまたま私たちがそこにいなければ、千紘と菊香さんの姿を竹筒越しにのぞいていたのは、見も知らぬ他人だったわけだ」

千紘は菊香に両手を包まれて、はっとした。菊香は気遣わしげに千紘を見つめている。

「大丈夫ですか？」

鏡など見ずとも、自分が蒼白《そうはく》になっているのがわかる。千紘はささやき声を絞り出した。

「……こんなことはないという約束だったのに……」

いくら千紘がお転婆《てんば》でも、武家の娘として守るべき矜持《きょうじ》は心得ている。

人前で肌を晒すものではない。

例えば、汗水垂らして働く町人や百姓の娘は、仕事の邪魔になるからと、襟元をはだけたり、裾をからげたりするかもしれない。肌を出すのも平気で、だから混浴の湯治も楽しめるのかもしれない。

だが、武家の娘は、そうであってはならない。

ほんの子供のうちから、手習いで教わるではないか。『女大学《おんなだいがく》』には、儒学の経典である『大学』の言葉を易《やさ》しく嚙み砕いて、こう書かれているのだ。

「いにしえの『禮《らい》』に、男女は席を同じくせず、衣裳をも同じ所に置かず、同じ所に浴せず」

つまり、男女というものは本来、暮らしの場を共にするのはふさわしくない、ということだ。当然、混浴もよろしくないとされている。

むろん『女大学』は理想を説いたものだ。よほど格式の高い家柄でなければ、すべての教えを守る暮らしなどできない。

しかし、それでも千紘にとって譲れないのが、混浴の件だった。見も知らぬ男の前で肌を晒すなど、あってはならない恥である。

江戸の湯屋は、薄い板一枚で男湯と仕切ってあるだけだ。のぞきを目論《もくろ》む男も、いないわけではない。二階にある、男たちのくつろぐ部屋からは、湯気越しに女湯が見下ろせるとも聞く。

千紘が湯屋に行くときは、必ず珠代や女中のお吉《きち》やお光《みつ》が一緒だ。千紘が他人に見られてしまわないよう、目隠しの役を請け負ってくれる。

菊香はもっと徹底している。そもそも湯屋に行かず、屋敷での沐浴で済ませてしまうのだ。

だから今回の旅においても、千紘は初めからうるさいくらいに訴えていた。旅の途中の旅籠でも、箱根に着いてからも、温泉や沐浴や寝ているところを誰にものぞかれたくない。

ちゃんと守ってもらいたい。

勇実にも龍治にも、与一郎にも欣十郎にも、道場の門下生たちにも、一人ひとりに約束させた。わかってもらえたとばかり思っていた。

その約束を反故《ほご》にされてしまったことが、悔しくて悲しい。そして、肌を見られてしまったのだとしたら、あまりに恥ずかしくて、泣きたくなってくる。

千紘はぐっと涙をこらえた。

「このこと、おたよさんは何とおっしゃっていたんですか？」

勇実はかぶりを振った。

「話せなかった。のぞき眼鏡のからくりに気づいて、すぐに湯から上がって、おたよさんと話をさせてくれと宿の者たちをせっついたんだが、忙しいとか出掛けたとか言われてしまって、結局つかまらなかったんだ。忙しいも何も、泊まり客はいないと聞いたんだが」

龍治がぼそりと言った。

「竹筒にはさんざんに詰め物をしておいた。本当はぶっ壊してやりたかったが、素手ではできそうになかったんでな。俺はもう、やぐら屋の湯なんか使いたくねえ。千紘さんにそんな顔をさせるなんて、ひどすぎる。ねえ、そう思いませんか、欣十郎先生？」

おのずと、全員の目が欣十郎に集まった。

答える前に、与一郎が隣に座る欣十郎を鋭く睨《にら》んで言った。

「おい、欣十郎。話が違うぞ。うちの男連中を助っ人に駆り出すことはあるかもしれんという話だったな？　そこは儂も了承した。男連中については、いざとなれば、いかようにも使ってくれてかまわん。そのために鍛えておるのだ。が、おなごたちは守られるべきだぞ。千紘にとって大切な約束をこれほどあっさり破るとは、どういうつもりだ？」

欣十郎は慌てて言い募《つの》った。

「申し訳ない！　やぐら屋の先代の頃にゃ付き合いが深くて、何かと都合をつけてもらっていた。だから、おたよの代になってからも付き合っちゃいるんだが、湯殿をのぞくための仕掛けがあるなんざ、俺も知らんぞ！」

「では、特別な湯があるというのは知っておったのか？」

「そっちは知っていたさ。先代の頃からあった。金持ちが芦ノ湖を拝みながら療治をするってんで、用心棒として付き添うこともあったしな。だが、のぞき眼鏡の竹筒のことは断じて知らなかった。本当だ。知っていたら、千紘どのと菊香どのを行かせるわけがない」

「まことか？」

「信じてくれ、与一郎。俺ぁこの見てくれだし、実際、箱根では悪い噂もささやかれている。だが、与一郎や珠代さんに失望されるような真似は、決してやってねえ」

与一郎は、腹の底までのぞき込まんばかりの試すような目で、欣十郎を見据えている。

「昔、妙な連中とつるんでいたこともあっただろう。借金を返すために、千住《せんじゅ》の花街《かがい》で手荒な仕事をしていた時期もあったな」

「二十五年も前のことじゃねえか！」

「今は違うと言うか？」

「信じてくれ！　昔とは違うんだ。借金取りだ女衒《ぜげん》だゆすりだなんてことにゃ、もう手を染めちゃいねえ。千紘どの、菊香どの、こたびのことは本当に申し訳ない。知らなかったこととはいえ、約束を違《たが》えてしまうとは、詫びのしようもない」

欣十郎は千紘と菊香に向き直り、深々と頭を下げた。

千紘は菊香と顔を見合わせた。

のぞいた相手は身内で、悪意がないとわかっている。体に傷ができたわけではないし、何がどう嫌なのか、うまく言葉で表せもしない。

それでも、薄気味悪いような心地が拭《ぬぐ》い去れない。

千紘は正直に言った。

「欣十郎先生に謝っていただいても、何というか……困ります。欣十郎先生が嘘をついていないことは、わたしたちも信じますけれど」

菊香も黙ってうなずいた。

少しの間、誰も口を開かなかった。互いに目を合わせないまま、ため息ばかりが聞こえた。

やがて、龍治がぼそりと言った。

「親父こそ、俺たちに黙ってたじゃねえか。助っ人に駆り出すって、欣十郎先生の用心棒稼業のことだろう？　危《あや》うい目に遭うかもしれないんなら、正式な門下生じゃない貞次郎も、腕前がからっきしの寅吉も、連れてこなかったぞ」

与一郎が眼光鋭く龍治を見やった。

「口答えか？　親に対して、その言い方は何だ」

龍治も睨み返す。

「親父のやり方が強引《ごういん》なんだろ。こっちにとっちゃ、すっきりしねえことばっかりだ。必要なことははっきり言ってほしいって話だよ」

十年近く前には、たまにこんな場面もあった。龍治が与一郎に怒鳴られていたのを千紘も覚えているが、龍治が二十を超えた頃からは、父子がぶつかり合うこともなくなっていた。

ちょうどそのとき、表から銑一の声がした。

「欣十郎先生、やぐら屋からの使いが来てはるんですが」

呼ばれた欣十郎は、のそりと立ち上がった。

「少し待っていてくれ。その必要があれば、皆にも知らせる」

欣十郎は表のほうへ行ってしまった。

長くは待たされなかった。

欣十郎はすぐに引き返してきて、手招きをした。

「やぐら屋の手代が来ている。先ほどの件で、おたよからの詫びを言付《ことづ》かっているらしいんだが、まあ、耳を貸してやろうって者だけ来てくれ。聞いても気分が悪いってんなら、ここにいるといい」

勇実と龍治が立ち上がる。千紘もついていくことにした。

与一郎は仏頂面《ぶっちょうづら》で腕組みをしたまま、動かない。将太は気持ちが収まらないようで、拳《こぶし》で己の膝を殴った。菊香が将太に、わたしたちはここにいましょうね、と声を掛けた。

勝手口に立つ手代の姿には、千紘も覚えがあった。おたよとよく似た顔立ちの、三十手前の年頃とおぼしき男だ。湯殿でおとよに「手代さんは女将さんの弟さんですか」と問うと、「そうですよ」と言ってうなずいた。

手代はぺこぺこ頭を下げながら、あの仕掛けは先代が作ったもののようで、ご迷惑をお掛けして申し訳ないということを、言葉を変えながら幾度も口にしている。

千紘はまた、もやもやと不快な気持ちに襲われた。ありもしないまなざしを背後から感じてしまい、肌が粟立《あわだ》つ。

欣十郎は面倒そうに言った。

「謝りたいのはよくわかった。済んだことだ。もういい」

それが合図だったかのように、手代は袂《たもと》から紙包みを取り出した。

「こちら、お詫びということで、一つ……」

手代は腰を低くして上目遣いをし、欣十郎の手に紙包みを押しつける。欣十郎はあっさりとそれを受け取り、袂に落とし込んだ。

千紘の隣で、龍治が荒々しい息をついた。横顔をうかがうと、今にも嚙みつきそうな剣幕である。

しかし、手代はよほど図太いようだ。龍治に睨まれていることには気づいているだろうに、にっこり笑って揉《も》み手《で》などしている。

「そういうわけですんで、欣十郎先生、そちらの兄さんがたにも、いい目を見せてあげてくださいませ。こたびはちょいと災難でございましたけれど、気兼ねなく遊べる場が箱根にはありますんでね。お口直しに、ぜひ」

勇実が言葉を差し挟んだ。

「のぞいた先にいたのが気兼ねの必要な相手だったから、次は口直しを、という意味ですか」

声は冷え冷えとしているほどに静かで、左手は刀の鞘を握っている。まさか抜くつもりはあるまいが、千紘はぎょっとして、勇実の袖をつかんだ。

手代はよりいっそう、欣十郎ににじり寄った。

「それでですね、欣十郎先生。女将が、お詫びの一献《いっこん》を今からいかがでしょうかと申しておりますんで、皆さんをお招きしてとはいきませんが、そちらの兄さんがたとご一緒にいかがでしょう？」

龍治がすかさず声を上げた。

「俺はごめんだぜ」

欣十郎はそっけなく答えた。

「わかった。では勇実どの、行くとしよう」

「え？」

勇実は虚《きょ》を衝《つ》かれた顔をした。欣十郎は太い腕を勇実の肩に回すと、耳元で何かを告げる。口元が動くのは一瞬見えたが、どんなことをささやいたのかはわからない。

「兄上さま？」

千紘が袖を引っ張ると、勇実は振り向いて口を開きかけた。

欣十郎はさっさと下駄をつっかけている。

結局、勇実は千紘に「行ってくる」とだけ告げ、むっつり不機嫌そうな顔のまま、欣十郎についていった。銑一も当然のごとく従っていった。

与一郎がいつの間にか、背後で仁王立ちしていた。千紘が呼ぶと、渋い顔のままで無理やり口の端を持ち上げた。

「まあ、あいつらを信じるしかあるまい」

千紘はうなずいた。

「おじさまがそう言うなら」

「不安か？」

「はい。でも、菊香さんも皆も、おじさまだって一緒にいてくれるから、大丈夫です」

「何かあれば、すぐに知らせるんだぞ」

与一郎は、千紘が幼い頃のように、分厚い手で優しく頭を撫でてくれた。

二

気落ちしていた千紘だが、夕餉の片づけをあらかた終えた頃に、思いがけない人のおとないを受けて笑顔になった。

ほっそりとした優男《やさおとこ》である。柔らかに整った顔は白く、相変わらず肌がしっとりと美しい。

「ああ、燕助さん！　来てくださったんですね」

「昨日の昼下がりに欣十郎先生のとこのお客さんたちが箱根に着いたって聞いたもんでね。昨日は忙しかったんですけど、今日こそは、うちの宿の仕事がひと区切りしたら顔を出そうって思っていたんですよ。千紘さん、ようこそ箱根へ」

先頃まで江戸で女形《おんながた》の役者をしていた、燕助である。

燕助は役者をやめて江戸を引き払い、郷里の箱根に帰ると決め、かつての恋人の姿を追い掛けて本所相生町までやって来た。そのときに千紘は燕助と知り合った。

かつての恋人とは、勇実の友である尾花琢馬のことだ。琢馬は支配勘定のお役に就く前、浅草《あさくさ》界隈で名を知られた遊び人だった。燕助はその頃の馴染みだったのだ。

「燕助さんもお宿を手伝っているんですか？　確か、弟さんが跡取りになるというふうに、文でお知らせしてもらったけれど」

「いずれうちの宿、胡蝶屋《こちょうや》の主になるのは弟ですよ。まだもうしばらくは父が出張っていそうですけれども。あたしは気楽なもんですよ。手が足りないところに、ちょいちょいと手を貸すだけ」

燕助は招き猫のように、緩く握った拳で差し招くような仕草をしてみせた。

女形だっただけあって、ちょっとしたしぐさの一つひとつが色っぽかったり愛らしかったりする。今や、いでたちは男のそれなのに、立ち姿からして、しゃなりとして美しい。

燕助は一人ではなかった。年の頃は五十ほどとおぼしき、恵比須顔《えびすがお》の男が傍らにいる。ずんぐりとした体つきだが、滝縞《たきじま》の着物に袖なしの羽織が小洒落《こじゃれ》ている。花札を模した根付《ねつけ》と革の小物入れが、さりげなくも心憎い。

「こちらのかたは？」

「うちの宿に泊まっておられる、卯兵衛《うへえ》さん。上野《こうずけ》のほうでお店を営んでらっしゃるそうです。根付や煙管《キセル》なんかを扱っていて、仕入れのためにこうしてあちこち旅をすることも多いんですって。あたしが出掛ける先が気になるってんで、一緒に夜の散歩をいかがですかってね、連れてきちまいました」

卯兵衛はにこやかに頭を下げた。

「こたびは湯治に来たんですよ。ここ数年、腰の痛みに悩まされておりまして。ですが、燕助さんのところでゆっくりさせてもらって、ずいぶん動けるようになりました」

卯兵衛はそう言って、物珍しそうに庭のほうを眺めやった。

今は人が多く、道場と厠《かわや》と母屋の行き来もあるからと、庭の真ん中に篝火《かがりび》を焚《た》いている。そのそばに車座になって、与一郎の門下生と欣十郎の門下生が剣術談議に花を咲かせている。

卯兵衛は若者たちの様子に目を細めた。

「聞きしに勝るにぎやかさですな。今、こちらにいらっしゃる剣豪の面々は、およそ二十名ほど？」

剣豪という大げさな言い方に、千紘は噴き出しそうになって慌ててこらえた。

「そうですね。江戸から来た者が八名と、欣十郎先生のところには十名ほどいらっしゃるとうかがっていますから」

「それはまたすごい。一斉に刀を抜けば壮観でしょうな。悪党も寄りつきますまい」

「実は、どちらの道場でも真剣を使うことはないんですよ。決して人を殺《あや》めないという誓いを立てているので、用心棒のお仕事のときも、基本は木刀を使うのだそうです」

武士の身だしなみとして二刀《にとう》を差すものだが、龍治は日頃から木刀を身に帯びている。それをからかう者と喧嘩になることも、たまにあるらしい。とはいえ、龍治は負け知らずだそうだ。そんな狭い了見のやつには負けねえよ、と自慢げに話していた。

燕助が千紘の言葉を請け合った。

「欣十郎先生のところでは本物の刀を持つわけじゃあないってんで、このへんの子供たちは月に何度か、ここに剣術を習いに来るんですよ。欣十郎先生ってね、ああ見えて、子供相手だと案外優しいんですから」

「もしかして、燕助さんも欣十郎先生の教え子だったりします？」

千紘の言葉に、燕助はくすぐったそうに首をすくめた。

「ええ、昔、通ってました。あたしは昔から体が細かったんで、力はないんですけど、型を覚えるのは得意なんですよ。舞を舞うようなもんですよね。筋は悪くないって、欣十郎先生に誉めてもらってました」

卯兵衛は手を打った。

「なるほど、道理《どうり》で男役の仕草や踊りも見事なんですな」

「えっ、男役？　燕助さん、箱根でも芝居を続けているんですか？」

千紘が水を向けると、燕助は気恥ずかしそうに笑った。

「いえ、たまたまだったんですよ。何日か前、悪い酔い方をしたお客さんがいましてね。ひどい雨の日で、くさくさしてたんでしょうね。うちは芸者や遊女を抱えた宿じゃあないのに、この宿はつまらん、客をもてなす気はないのかと、お運びの女中らに絡んでいたもんですから」

卯兵衛が後を引き継いだ。

「そこへ燕助さんが止めに入って、『ようござんしょう、もてなしの芸が見たいんなら、あたしが披露いたしますよ』と」

千紘は歓声を上げげた。

「まあ、格好いい! どんな演目をなさったんです?」

「急なことでしたから、大したことはできませんでしたけれど、右を向いて男役、左を向いて女役の一人二役で、ちょっとした世話物の小芝居を」

身勝手な客が騒いだのを落ち着けるためだったが、燕助はあえて、ほかの客にも見えるよう、ことを大きくして演じてみせた。

胡蝶屋には芸者を呼ばない約束なのに燕助が無断で芸を披露したことを、他の宿との寄合《よりあい》で弁明するためでもあった。急場を救うためにやむを得なかったのだと、なるたけ多くの人に証言してもらう必要があるからだ。

派手にやったのが功を奏して、隣近所の宿や料理茶屋からも見物人がやって来た。それどころか、宿の旦那連中がおもしろがって燕助に投げ銭《せん》をする始末だった。

千紘はその話を聞いて、ほっとした。

燕助は長男ながらも芝居がやりたくて家出をして、十数年も箱根に戻らなかった。両親や弟ととりあえずの折り合いをつけて帰郷してから、まだ一月余りである。肩身の狭い思いをしているのではないかと、千紘は心配していたのだ。

「よかったわ。燕助さん、楽しそうですね」

「ええ。江戸で腐っていた頃よりも、こっちに戻ってきてからのほうが、うまくやれているんです。必要としてくれる人たちがいますから」

卯兵衛はにこにこして言った。

「手前をはじめ、あの芝居で燕助さんに惚れ込んじまった人がたくさんいたんですよ。それなのに、燕助さんがこんな暗い中、出掛けるって言うじゃありませんか。しかも、荒くれ者の用心棒が詰めている道場に」

千紘は先回りして言った。

「卯兵衛さんは、燕助さんのことが心配で、一緒に来られたんですね」

燕助は肩をすくめて苦笑した。

「こんなんじゃ、どっちがお客さんなんだか、面目が立ちませんねえ」

「でも、わたし、卯兵衛さんの気持ちがわかりますよ。燕助さんって、何だか、いじらしいんですもの。そばについて、守りたくなりますよね」

そうなんですよ、と卯兵衛はうなずいた。

笑い合う声が気になったのだろう、菊香が奥から顔を見せた。

「千紘さん、お客さままですか？」

「ええ。道中でも話したでしょう？　江戸で役者をしていた燕助さんです。燕助さんのお宿、ここから近いんですって」

千紘の言葉に、菊香は合点《がてん》のいった顔をして、きれいな仕草で頭を下げて名乗った。

「亀岡菊香と申します。日頃から千紘さんと親しくさせてもらっておりまして、こたびも箱根への旅に誘ってもらいました」

燕助はにっこりした。

「千紘さんからうかがっていますよ、菊香さん。お会いするのを楽しみにしていたんです。どうぞよろしくお願いいたしますね」

「ええ、こちらこそ。よろしくお願いいたします」

「うちの宿、胡蝶屋はこの坂を下ってすぐのあたりですから、お二人でいっぺん遊びに来てくださいな。うちの自慢の『美人の湯』は、女湯だけの特別な湯殿で、人気なんですよ。湯の効能でお肌が潤う上に、季節ごとの香りを楽しむお香がまたいいってんで、よその旅籠の女将さんまで入りに来るんですから」

千紘と菊香は顔を見合わせた。お互い、ぱっと笑い合う。

「菊香さん、美人の湯ですって！　よかった、燕助さんのところなら安心だわ」

「ええ。せっかくの箱根なのに、もう温泉にはつかれないのかと思っていました」

燕助は眉をひそめた。

「安心、というのはどういうことです？　つまり、こちらに着いてから何かあったんですね？」

何となく事情を察しながらの問いである。

千紘は、卯兵衛の存在が少し気になったが、燕助に率直に告げた。

「いろんなお客さんを見てきた燕助さんにはわかってもらえると思うんですけれど、武家の女にとって、混浴は受け入れがたいことなんです。少なくとも、わたしも菊香さんも、江戸では決して、男の人の前で肌を晒さないようにしていますす」

「ええ、そうでしょう。町人や百姓の娘さんでさえ、旅先はお里と違いますから、温泉で妙な男と鉢合わせしないように気をつけているくらいです。ましてや、お二人は武家の娘さんですもんね」

「江戸から一緒に出てきた皆にも、欣十郎先生にも、このことはちゃんとお話ししました。わたしたちが温泉に入るときは気を配ってくれるって、皆、約束してくれたんです。それなのに、いきなり今日、のぞかれてしまって……」

「まあ。もしかして、騙されちまったってことですか？」

千紘はうなだれた。

「あるお宿に約束を守ってもらえなかったんです。のぞき眼鏡が仕込まれていたんですけど、それを使ったのは、たまたま兄上さまと将太さんでした。だから、まだよかったものの、これが見知らぬ相手だったらと思うと、気持ち悪くて」

菊香が静かな声で付け加えた。

「相手次第では、手討ちにしてしまうところでした」

燕助はため息をついた。

「何てことを。ごめんなさいね、よりにもよってこの箱根で、そんな嫌な思いをさせてしまうことになるなんて。あたしが頭を下げたって何の役にも立たないでしょうけど、下げさせてくださいな。本当にごめんなさいね」

燕助は、小粋な女形ではない、男の仕草で深々と礼をした。かつて宿の跡取りだった頃に身につけた、客に真心を示すための礼である。

千紘は少し慌てた。

「いえ、お顔を上げてください。燕助さんが悪いのではないもの。箱根の温泉すべてに嫌な思いを抱いたわけでもないんです」

燕助は素直に面を上げた。頰に手を当て、憂《うれ》い顔で小首をかしげる。

「そういうことが起こると、箱根の宿すべてが悪評を被《こうむ》ることになるってのに、わからず屋はいるんですよねえ。お客さんが旅先で羽目を外したいお気持ちもわかりますよ。でも、おなごの体を見たいなら、その道の玄人が箱根にだっているんですから、そっちにお金を落としてほしいんですが……まったく」

黙って聞いていた卯兵衛が、少しばかり難しげな顔をした。

「箱根のお宿はきちんとしたところが多いように感じておりましたが、小悪党もいるわけですな」

菊香は燕助に言った。

「もし胡蝶屋さんのご迷惑にならないのであれば、ほかのお客さまの邪魔にならないときに、お湯につからせていただきとうございます」

「いつでもかまいませんよ。江戸の湯屋みたいに、気軽に使っちまってください。箱根のお湯の思い出が、嫌な気持ちのままで終わっちまうんじゃあ、あたしとしても忍びないですから。せっかくなら、男の人たちにも声を掛けてくださいな。こっちのほうは、いたって普通の箱根のお湯ですけどね」

「ありがとうございます」

千紘と菊香は揃って頭を下げた。

燕助は、どういたしまして、と微笑《ほほえ》んで応じた。それから、少し声を落として尋ねる。

「欣十郎先生は、今どちらに？」

「さっき、やぐら屋さんに呼ばれていってしまいました」

千紘の答えに、燕助は拍子抜けした顔である。

「あらら、またですか。そろそろ話を詰めなけりゃならないって言ったのは、欣十郎先生のほうなのに。明日にでも出直すしかありませんかねえ」

「欣十郎先生にご用だったんですね。言伝《ことづて》しましょうか？」

「いいえ、明日でかまやしませんよ。あたしがじかに話したほうがいいんでね。さて、今日はもう遅くなっちまいましたから、お暇《いとま》しますね」

きびすを返そうとした燕助を、千紘は引き留めた。

「ちょっとだけ待っててください。実は、琢馬さまからのお手紙を預かってきているんです」

燕助は一瞬、切れ長な目を見開いた。その表情は、すぐに苦笑に変わる。

「どうせ歌が一首書きつけられているだけなんでしょうに。わざわざ千紘さんに運んでもらうなんて」

「いえ、めったにない機会だからって、わたしが琢馬さまをせっついて、手紙を書くように言ったんです。琢馬さまがそっけない振る舞いをするのは、きっと照れていらっしゃるだけですよ」

千紘は部屋に急いで戻って、琢馬の手紙を取ってきた。手紙には、琢馬がいつも身にまとっている麝香《じゃこう》の匂いが、まだほのかに残っていた。


帰り際、燕助と卯兵衛を門のところまで送った。

あら、と菊香が小さく声を上げた。

「その根付、変わっていますね。鹿の模様と、その赤い花は牡丹《ぼたん》でしょう？」

卯兵衛が帯につけている根付のことだ。

ぱっと見て、花札のような形だと思った。鹿の姿が彫られているのは、千紘も目についた。赤い花が一緒に彫られているのを、菊香は目に留めたらしい。

木彫りではないようだ。象牙《ぞうげ》に色をつけてあるのだろうか。

卯兵衛はにこにこして言った。

「いや、お恥ずかしい。これはすっかり使い古しておりましてな。さらぴんの根付もいくつか持ってきておりますから、もしどなたかへの贈り物をご所望なら、相談に乗りますよ。箱根みやげとは言えないかもしれませんが」

さらぴん、というのは話の流れから察するに、新品のことだろう。

二人の提灯《ちょうちん》が遠ざかるのを見送りながら、千紘は菊香に言った。

「菊香さんは目がいいんですね。わたし、牡丹が彫られているって気づきませんでした。花札みたいな形の根付で、鹿の姿が見えたから、あの赤い色はもみじだろうとしか考えなくて」

「そうですよね。普通、鹿と組み合わせるのはもみじですから。牡丹なら蝶。いえ、もしかしたら、わざと入れ替えているという遊び心かもしれませんね」

菊香は、自分を納得させるようにそう言った。

姉上、と菊香を呼ぶ声がする。貞次郎が硬い顔つきで駆け寄ってきた。

「温泉で嫌な目に遭ったって本当ですか？」

菊香は苦笑した。

「討ち入りにでも行きそうな顔をしないで」

「ですが！」

「心配なら、明日は貞次郎たちも一緒に来てちょうだい。別のお宿の温泉に入れることになったから。皆で行くなら安心でしょう。ねえ、千紘さん」

菊香はふわりと微笑んだ。

ふと、夜風に乗って、くちなしの香りがした。菊香の着物に焚き染めてあるいつもの香りとは、少し違う。

千紘は、門のそばに立つ大きな木を見上げた。

「ああ、これはくちなしの木なのね」

花の季節にはまだ早い。白いつぼみが膨らみつつある頃だ。

急に不思議と静かになったと思ったら、篝火《かがりび》のそばで輪になった男たちが、怪談を始めたらしい。

皆が皆、進んで輪に加わっているわけではないようだ。左右から腕を捕らえられたり、背後から羽交《はが》い絞《じ》めにされたりして、逃亡を阻《はば》まれた格好の怖がりもいる。

欣十郎の門下生の一人で、最も年若い勘八《かんぱち》が、まだいくぶん細い声で淡々と語りだした。

「箱根は昔、地獄だったんですよ。生ものが腐ったような臭いのする毒の煙が地面から噴き上がっていたり、落ちたらただでは済まない熱い湯が沸き立っていたりしたんです。その地獄に関わる話をしますね。ここからさほど遠くないところに、湯坂峠《ゆさかとうげ》っていうところがあるんですよ」

勘八の先達《せんだつ》に当たる大柄な男が、話を補《おぎな》った。

「昔の東海道だ。この元箱根と箱根湯本をつなぐ道は、山の尾根伝いの道だった。その道の中で最もこちら側にある峠が、湯坂峠だ」

勘八はうなずいて続けた。

「元箱根のほうから湯坂峠を上っていく途中に、精進池《しょうじんいけ》があります。精進料理って、殺生《せっしょう》をした食べ物を使わないでしょう？　つまり、生き物が入ってない料理です。精進池もね、魚が一匹もいないから、その名前で呼ばれるようになったといわれています」

龍治が口を挟んだ。

「へえ、おもしろい由来だな。なぜ魚が棲《す》めないんだ?」

「毒の池だからですよ。初めに言ったでしょう? 箱根は地獄で、毒の煙が立ち上っていたって。その毒が溶け込んだ池が、精進池なんですよ。精進池のあたりで毒の煙を吸って死んでしまった旅人も、昔はたくさんいたみたいですね」

淡々とした語り口が逆に恐ろしい。千紘はつい聞き入ってしまってから、ぞっとして顔をしかめた。

ひぃぃ、と、か細い悲鳴が聞こえた。声の主は、寅吉である。

寅吉はこれでもかというほど顔を引きつらせているが、逃げ出すことができずにいる。ひょろりと細い体を、左右からがっちりと押さえ込まれているのだ。

勘八はぐるりと皆の顔を見渡すと、さらに続けた。

「精進池の名前の由来には、また別の話もあるんです。庄治《しょうじ》の池というのが訛って精進池になった、とね。庄治は近くの村に住む若者だったんですが、よくある話ですよねえ。池の主《ぬし》との約束を破ったかどで、無残にも絞め殺されてしまった……」

せっかくの怪談が途中で掻き消された。

「ひぃぃいいっ! いやぁぁあああっ、や、やめ、もうやめてくれよぉぉおお!」

寅吉が泣き叫んだのだ。十九にもなった大の男が、これしきの話で、ぴいぴいと幼子のように悲鳴を上げ、涙まで流して嫌がっている。

ぽかんとした勘八が、噴き出した。

「庄治の話が薄気味悪くなるのは、ここからなんですけど」

「嫌だ！　もう聞かねえ！　く、暗くなってから怪談なんかしたら、何が寄ってくるかわからねえだろうが！」

寅吉は唾と涙と鼻水を盛大に飛ばして、勘八に食ってかかった。勘八は平然としている。

「話し甲斐《がい》があるなあ。箱根の子供らは、こんな怪談ではちっとも怖がってくれないんですよ。それでね、池の主というのが、若い娘の姿になって……」

「ひぃぃいい！　やめてくれ、お願い、やめてください！」

周囲で、どっと笑いが起こる。

寅吉はもともと、江戸の薬研堀《やげんぼり》界隈で、ならず者の一歩手前のようなことをしていたらしい。それで、往来で喧嘩していたのを、龍治にとっちめられたという。その腹いせに、矢島道場に初めて足を踏み入れたときは、道場破りをするつもりだった。

それが見事に返り討ちにあった挙げ句に、矢島道場の門下生の一人となり、箱根にまでついてくるほど、龍治とも馴染んでいる。妙に愛敬のある男なのだ。

千紘も、大げさに怖がる寅吉の様子に、つい笑ってしまった。

龍治がすっと千紘のそばに寄ってきた。

「千紘さん、やっと笑ったな。燕助さんと話して、ちょっとは気分が晴れたか？」

「龍治さんこそ。さっき、すごく怖い顔してましたよ」

「当たり前だろ。本当に腹が立ったんだからさ」

龍治の目の中に、篝火の明かりが映り込んでいる。炎に照らされて深い陰影のできた顔は、さんざん見慣れているはずなのに、少し違ったふうに感じられる。

千紘は眉をひそめた。

「すっかり気分が晴れたわけではないんです。ふとした弾みで、どこかから見られているんじゃないかと、首筋がぞくぞくするような感じがあって」

「そうか。なるべく誰かと一緒にいるといい。夜は菊香さんと同じ部屋だろ。母屋には親父も泊まるし。いっそのこと、部屋の外で木刀を抱いて不寝番《ふしんばん》をしてもらうか？」

「与一郎おじさまに？」

「親父がいちばん安心だろ？」

「龍治さんが自分でやるとは言わないんですね。不寝番」

千紘は何気ないつもりで口にした。しかし、龍治はぽかんと口を開けて固まる
と、千紘がびっくりするくらいの大声を出した。

「それは駄目だろ！　絶対駄目だ！」

「駄目ってどうして？」

「だ、だから、それは、あー……」

龍治は右手で顔を覆った。案外大きなその手は、目元も頬も、口元の半ばまで
も、すっかり隠してしまう。

貞次郎がひょっこり顔を出した。

「何が駄目なんですか？」

「いや、何でもない」

龍治は勘弁してくれというふうに、薄暗い道場のほうへ立ち去ってしまった。

貞次郎は不思議そうに首をかしげた。

「千紘さん、龍治先生に何を言ったんですか？」

「寝所の番をお願いしようと思ったんです」

貞次郎は目を丸くすると、きっぱりと首を左右に振った。

「それは確かに駄目ですね。そんなふうに試すようなことを言ったら、龍治先生がかわいそうですよ」

「えっ、かわいそう？　試すって？」

「そのあたりは、千紘さんももっと察してあげなきゃ駄目ですからね」

まるで年長者のような口ぶりで告げて、貞次郎は龍治を追いかけていった。

千紘は途方に暮れた。

龍治からも貞次郎からも、駄目と言われてしまった。

何がどう駄目なのか。

思い描こうとするうちに、千紘は何となく、顔が熱くなってきた。

「もう……龍治さんの馬鹿」

こっそりとつぶやく。自分の声が、ひどく甘く響いたような気がした。

三

「おとなしく巻かれるふりをしていてくれ。やぐら屋の連中への仕返しは、必ずさせてやる」

含みのある言い方をして、おたよは勇実に流し目をくれた。膝を崩して座り直すと、もっちりとした白いふくらはぎが裾からのぞく。

勇実は目をそらした。

「欣十郎先生のほかにも、箱根に知り合いがいるのです。その人の宿に泊めてもらうのが先ですね。約束してあるので」

「あら、あたしも知ってる人かしら？」

「胡蝶屋の燕助さんです」

はんっ、と、おたよは呆《あき》れ笑いを漏らした。

「お兄さんもあの女形上がりを贔屓にしてるんです？　なるほど、そういうこと。確かにあの人、妙な色気がありますもんねえ。欣十郎先生も、あの人とねんごろにしてるんですよね？」

嫌な言い方をしないでほしい、とは、勇実は口にしなかった。

欣十郎はにやりとした。左頬の傷痕《きずあと》に引っ張られた唇がめくれ上がるので、笑みには凄《すご》みがある。

「燕助は誰かさんと違って、芸達者な上に正直だからな」

「まあ、ひどい。せっかくこうしておまんまもお酒も差し上げてるのに、いつもあたしのことをいじめるんだから」

「酒がなくなったぞ。新しいのを持ってこい」

「んもう、わかりましたよ。あたしも暇じゃあないんです。これで今夜のところは失礼しますね。代わりに女中を一人寄越しますから、なぁんでも、お申しつけください」

なぁんでも、と、いちいち含みを持たせた言い方をするのがいやらしい。

おたよが襖《ふすま》の向こうに消えると、勇実は盛大にため息をついた。

欣十郎が勇実を見やった。

「箸《はし》が進んでおらんな」

「ええ。ちょっと」

「すきっ腹に酒だけ入れるのはよくない。気が進まんかもしれんが、とりあえず食え。毒なんぞ入っておらん」

勇実は欣十郎に体ごと向き直った。

「欣十郎先生は、おたよさんとどんな間柄なんです？」

ふんと笑った欣十郎は、勇実のほうに身を乗り出し、ささやいた。

「俺があの女に首ったけのように見えるか？」

「いえ、少しも」

「あの女は金でも酒でも出して、何としても俺をつなぎとめておこうとしている。色仕掛けは、こじれると面倒だからな。俺も門下生も、そこにだけは手を出さんことにしている」

「おたよさんには、そうまでして欣十郎先生たちの歓心を買っておきたいわけがあるんですか？　やぐら屋は、用心棒が必要となるようなことを抱えているんですか？」

欣十郎は、勇実の口を押さえる仕草をした。

「問いが多すぎる。やぐら屋の者に聞かれちゃあ厄介だ」

「ですが」

「今は、あっちの手に乗ったふりをしておいてくれ。勇実どの、おまえさんは頭が切れる。かっとなってぶち壊しにすることはないと思った。だから、おまえさんを連れてきたんだ」

「見込み違いですよ。私だって、頭を働かせるより先に体が動いてしまうことがあります」

「そうかい。だが、ここではこらえてくれ。頭を働かすんだ。やぐら屋が隠しているおかしなものを見聞きするために、おまえさんはここにいる。いいか？」

気に食わないことも腑に落ちないことも、いくらでもある。勇実はじっと欣十郎を見据えた。

欣十郎は早口で言葉を重ねた。

「燕助の話が出たが、俺が燕助を信用しているのは本当のことだ。おたよは浅草でお運びの女中をしていたと言っただろう？　あれは嘘だ。長らく浅草住まいだった燕助の伝手で確かめた。燕助は嘘をつかん。この箱根には、嘘つきも盗人も入り込んでいやがるが」

勇実はもう一つだけ問うてみた。

「欣十郎先生は何を調べているんですか？」

これには短い答えが返ってきた。

「いかさまを吊るし上げるんだよ。今は、その総仕上げをしている」

「なるほど」

「千紘どのや菊香どのに嫌な思いをさせた連中を、あと一歩でとっちめることができる。力を貸してくれ」

「……わかりました。千紘と菊香さんの名を出されたら、わかったと言わざるを得ませんね」

「では、今から一つ頼まれてくれないか？」

「何でしょう？」

欣十郎は懐から紙を取り出し、勇実の前に広げてみせた。

「この宿の見取り図だ。俺たちが今いるのはここ。勇実どのは、厠に行く途中で迷ったふりをして、この宿の造りを確かめてきてくれ。俺や銑一では、今さらその手は使えん」

銑一が口を挟んだ。

「手前や欣十郎先生では、なんぼ飲んでも顔色が変わりまへん。その点、勇実さんは目元がもう赤い。おあつらえ向きですわ」

欣十郎はまっすぐ勇実の目を見て言った。

「白黒はっきりせんことばかりで気持ちが悪いだろうが、頼む」

勇実は眉間に皺が寄るのを自覚しながら答えた。

「行ってまいります」

立ち上がって足を踏みしめる。大丈夫だ。顔がいくぶん火照ってはいるが、足下はふらつかない。

勇実はそっと襖を開けた。

宿の中は薄暗く、しんとしている。

四

千紘と菊香が箱根権現へお参りに行ったのは、のぞきの件が発覚した翌日のことだった。

「早々にけちがついてしまったでしょう？　だから、お参りをして厄を払ってしまいたいんです」

千紘がそう言い出すと、誰も引き留めはしなかった。佐伯道場の女中たちはしきりに、物見遊山も兼ねてゆっくりしておいで、と勧めてくれた。

とはいえ、千紘も菊香も、女中たちの厚意に甘えるばかりではいられない。朝から洗濯と昼餉の支度にてんてこ舞いになって働いた。稽古着をずらりと並べて干し、百個ほどの握り飯を大皿に所狭しと載せた。大仕事をやり遂げて、気分は爽快である。

千紘と菊香は、昼八つ（午後二時）頃に戻る約束で佐伯道場を発った。

門前のにぎわいの中には悪い人も出るから、と心配されたので、目端の利く貞次郎と寅吉と、突っ立っているだけで用心棒になる将太が同行している。

元箱根の外れにある佐伯道場から箱根権現の門前まで、およそ半里といったところだ。道場から坂を下ると、あとは箱根権現までの一本道である。

参拝客の人波に乗って、両脇に松や杉の木が立ち並ぶ道を進んでいく。左手の木立《こだち》の向こうに、時折、芦ノ湖のきらめきが目に入る。

「景色が素敵だわ」

千紘は心が浮き立っていた。

山の青さも空の高さも、江戸とは一味違うように思える。参拝客がたくさんいると聞かされていたが、江戸の寺社のごった返した参道と比べたら、ずいぶんとのんびりしている。

先頭を菊香と貞次郎が歩き、その後ろを千紘、殿《しんがり》が将太と寅吉である。将太と寅吉は同い年だからか、妙に馬が合うらしい。

箱根権現に近づくにつれ、道の脇の露店が増えてきた。並べられたものをのぞき込めば、品は実にさまざまだ。

寄木細工《よせぎざいく》や竹籠なんかの細工物、箱根権現の縁起《えんぎ》を記した刷り物、男神二柱と女神一柱を一組とするご神体の絵、箱根美人を描いた浮世絵、旅に入り用の草鞋や手ぬぐい、串に刺した餅や団子。

みやげを買うのはお参りの帰りにすればよい。そうは思いつつも、千紘はちらちら気になって、つい足取りが緩んでしまう。

菊香は立ち止まり、振り向いて千紘を待った。露店が気になる千紘とは裏腹に、菊香はどうしても早足になってしまうのだ。隣を行く貞次郎が呆れるほどの足取りである。

千紘にも、菊香の早足のわけはわかっている。小走りになって追いつくと、千紘は菊香をからかった。

「早くあのかたにお会いしたくて、気持ちが急《せ》いてしまうのでしょう?」

菊香は、笑ってしまいそうな口元を両手で覆って隠した。

昨夜、菊香が千紘にこっそり見せてくれたものがある。少ない荷物の中に、古びた武者絵《むしゃえ》を一枚、持っていたのだ。

「幼い頃からずっと大切にしてきた絵なんです」

照れくさそうに、菊香は言った。

武者の顔つきは精悍で若々しい。水色の直垂《ひたたれ》には胡蝶の柄が染め抜かれている。折烏帽子《おりえぼし》をかぶっているのが古風な印象だ。背中合わせにもう一人、千鳥柄《ちどりがら》の直垂の武者が立っている。

「あ、曽我兄弟の」

「そうです、曽我五郎の絵。わたし、幼い頃の憧れの君が、曽我五郎だったんです。『曽我物語』の筋書きが十分にわからないくらいの幼い頃から、なぜだか心を惹かれてしまって」

はにかんで目を伏せた菊香の横顔に、千紘もくすぐったい気持ちになった。同じだ、と思ったのだ。

「菊香さんも、お気に入りの格好いい武者絵をお守りみたいに大事にしてたんですね」

「では、千紘さんも?」

「わたしは、武蔵坊弁慶の絵。わたしの初恋は、弁慶か与一郎おじさまなんです」

「ああ、なるほど。与一郎先生も頼もしくて格好いいですものね。がっしりとした体つきの武芸者が、幼い頃の千紘さんの好みだったんですね」

「今でもそういう人が好みですよ。でも、憧れと色恋って、また別のものみたい。ままならないわ。菊香さんもそんなふうに思うことってあるでしょう?」

「ありますとも。本当にままならないものですよね。うつつの世には、曽我五郎はいないのですから。この絵を眺めながら、わたしも『曽我物語』の中に入ってしまいたいと、どれほど願ったことか」

菊香は秘密を打ち明けながら、頬を染めて笑っていた。いつもよりずっと、はしゃいでいる様子だった。

千紘は訊いてみた。

「菊香さんは、曽我五郎のどういうところが好きなんですか? 前にも少し聞いたけれど。まっすぐ突っ走っていきそうな、危なっかしいところが気になって仕方ないんでしょう? 弟を見守るような気持ちで」

「自分が齢を重ねるにつれて、危なっかしいと感じるようになりました。初めは、ただ一途《いちず》に突き進んでいく、頑固で荒々しい五郎が、とにかくまぶしく感じられて……うらやましくて、憧れたんです」

「うらやましい?」

「わたしはそうではなかったから」

五郎は母から「仇討ちなどという愚かなことはおやめなさい」と諭《さと》され、武者

として の道を断つために、箱根別当のもとに預けられて仏道修行に入ることとなった。

そんな逆境にあっても、五郎は、兄と誓い合った仇討ちという宿願を忘れはしなかった。稚児《ちご》となった十一の頃から箱根権現を脱出する十七まで、ただ一人で剣術稽古を続けていたのだ。

菊香は、箱根での五郎の孤高を思い、そこに憧れたらしい。

「なかなかそんなふうには生きられないでしょう？　さだめられた道に囚《とら》われることなく、成したいことに向かって、孤独に剣の修業を続けるだなんて。そして、ついには宿願を遂げてしまうだなんて」

菊香は、ほうと息をついて、もう一言つぶやいた。

「その宿願が命懸けの仇討ちであったことは、やはり、とても悲しいことだと思ってしまいますけれど」

曽我兄弟は、父の敵の工藤祐経を討った後、すぐに命を落とした。兄の十郎は、その場で討ち取られた。弟の五郎は捕らえられ、源頼朝の前で裁きを受けて、首を刎《は》ねられた。

頼朝の側近である祐経を殺した罪は、かくも重かったのだ。

足取りの軽い菊香の様子には、将太も気づいていたらしい。

「菊香さん、楽しそうですね」

将太は、彫りの深い顔をにこにこさせて言った。

菊香はあいまいに微笑むばかりで、曽我五郎の名は口にしなかった。憧れの君への熱い想いは、やはり千紘にしか教えるつもりがないらしい。

とはいえ、想いを胸に秘め通すことも難しいようだ。箱根権現に近づくにつれ、菊香の表情が変わっていく。

一つ目の鳥居をくぐると、菊香はうっとりとした顔で境内《けいだい》を見渡した。かと思うと、踏み出す一歩一歩を確かめるように、足下《あしもと》に目を落とす。

「あの人も、同じ道を歩いていたのですよね。ここを掃《は》き清めたりもしていたのでしょうか。仏道修行より剣術稽古に打ち込んでいたというけれど、一体どこで木の枝を振り回していたのでしょう？　山を駆けて足腰の鍛練をすることもあったのかしら」

もはや抑えきれない様子で、独り言をつぶやいている。

貞次郎はさすがに、菊香の独り言の意味を知っているようだ。いくぶん呆れた調子で言い放った。

「曽我五郎が仇討ちで使った薄緑丸、見せてもらえたらいいんですけどね」

将太が首をかしげる。

「めったに見られないお宝が、金を払えば見られるとかいう話か。結局、お宝の正体は何なんだろう？」

将太の大きな声に、少し前を行く旅人が振り向いた。

寅吉が痩せた胸を張った。

「龍治先生に言われてたんで、噂を聞いて回ってみたんですよ。いろんな尾ひれがついてましたけどね。いちばん大げさなやつだと、芦ノ湖から九頭龍《くずりゅう》が現れてお宝を置いていったとか何とか」

「九頭龍？　精進池の怪談の続きではなく、芦ノ湖にもそういう伝説があるんですか？」

千紘は思わず訊き返した。

寅吉は頭を掻いた。

「怪談はもうよしてくだせえ。芦ノ湖の九頭龍は法力《ほうりき》の話なんで、怖かありやせんよ」

「法力ということは、お坊さんのお話なんですね？」

「へえ。大昔、芦ノ湖には毒龍《どくりゆう》が棲んでいて、岸辺の村に悪さをしていたそうなんです。村は困って、人身御供《ひとみごくう》の娘を差し出そうとしていたところ、万巻上人という偉い坊さんがやって来て、毎日読経《どきよう》をして毒龍に聞かせて、ついに改心させたんですって」

薬箱を背負った男がすかさず寄ってきて、寅吉の話を引き継いだ。

「万巻上人が毒龍の頭を数珠《じゆず》で撫でてやると、毒龍はたちまち、九つの頭を持つ龍神となり、湖の守り神として生まれ変わったという話だ。それでだな、実はいいみやげ物があるんだよ。何と、九頭龍の鱗《うろこ》でできた妙薬だ。頭痛、腹痛、腰痛、癪《しやく》に疝気《せんき》と、あらゆる痛みに効くぞ」

男は、ものものしい字で書かれた「九頭龍散」の紙包みを掲げてみせた。

将太は興味深そうに目を丸くし、長身を屈めて九頭龍散を注視した。

「痛みに効くのか！　では、同じ竜の名がついてはいても、唐土《もろこし》渡来の竜骨《りゆうこつ》とは違うものということなんだな？　竜骨は、動悸《どうき》がしたり眠れなかったり物忘れがひどかったりするのを抑える効果があるんだが」

男はぎょっとしたようにのけぞった。

「兄さん、詳しいねえ。近頃のお武家さんは薬のことも学ぶのかい？」

貞次郎は鋭い目をして言った。

「こちらのお兄さんは医者の家柄の出なんです。腕っぷしが強いだけではなく、物覚えも抜群にいいし、いろんなことをよく知っているんですよ」

「いや、俺はそんなに大したものでは……」

将太は謙遜《けんそん》しようとした。貞次郎は、将太の声より大きな声を張り上げて、吠《ほ》えるように言った。

「大したものなんですってば！　しっかりしてくださいよ。姉上が妙なものを買わされてしまったら、お目付役の私も用心棒のあなたも、後で叱られてしまいますよ！」

貞次郎が睨むと、怪しげな薬売りの男は、引きつった顔をして去っていった。

菊香は小首をかしげた。

「怒鳴ることないでしょう、貞次郎。わたしはおかしなみやげ物なんて買わないから」

「いいえ、箱根権現のお参りと来た日には、姉上はまったく信用できません。曽我五郎の手形が売ってあったら、すぐさま飛びつくでしょう？」

「手形……！」

「もしあっても、本物のはずがないんですからね？　江戸で人気の相撲取りじゃあるまいし、六百年以上前に打ち首になった人の手形なんて、出回っているわけないでしょう？　わかってます、姉上？」

菊香は黙ってしまった。少し唇を尖らせている。

拗《す》ねた顔をした菊香なんて、千紘は初めて見た。普段は落ち着いているのに、物語を通じてしか触れられない大昔の武者のこととなると、どうも勝手が違うらしい。

何だか、かわいらしい。

千紘は菊香の手を取って、その耳にささやいた。

「境内をあちこち見て回りましょ。手形は売っていないでしょうけど、曽我五郎が通ったのと同じ道を通って、同じ場所でお参りができるんですよ。それって、わくわくしますよね」

菊香の機嫌はすぐさま直った。笑顔で歩き出す。

仏頂面の貞次郎と、首をひねっている将太と寅吉が、後に続いた。

「はい。お参りと物見遊山と、お昼ごはんも、このあたりか元箱根の町で食べるつもりです」

「このあたりでお昼を食べるんなら、うまい蕎麦の店がありますよ。鳥居の外に屋台が並んでいたでしょう？　あの中でも、北側のどんつきにある店が評判だそうです」

どんつき、という言い回しは聞いたことがない。卯兵衛の地元の訛りだろうか。おそらく、突き当たりとかおしまいとか、そんな感じの意味合いだろう。

「ありがとうございます。卯兵衛さん、今日はお一人なんですか？」

「燕助さんも誘ったんですがね、あいにく先約があると振られちまいましたよ。燕助さんは人気者ですからな」

「まあ、それはお寂しいですね」

千紘が冗談めかして言うと、卯兵衛は声を立てて笑った。が、すぐにその声を引っ込めて、千紘のほうに顔を寄せ、眉をひそめてささやいた。

「実は、ちょいと小耳に挟んだんですがね、佐伯道場の欣十郎先生の評判がよろしくないのは、千紘さんたちもご存じですかな？　柄が悪いだとか、金に汚いだとか細かいだとか」

千紘は慎重に答えを選んだ。

「箱根に着いてすぐ、欣十郎先生がお金に細かいという話を聞きました。確かに、暮らしは質素で、それをけちだと感じる人がいてもおかしくないかもしれません」

しかし、金に汚いというのが、千紘にはやはりぴんとこないのだ。誰かが欣十郎を貶《おとし》めるためにわざとそんな噂を流しているのではないか、とすら思える。

卯兵衛は言葉を重ねた。

「お宝の噂はご存じですかな？　この町の誰かが貴重なお宝を隠し持っていて、金を払いさえすればそれを間近に拝むことができる、と手前は聞いたんですがね」

「おおよそ似たような噂は、わたしたちも聞いています」

千紘は菊香の手を握った。一人で卯兵衛の話を受け止めるのは、何だか少し怖い気がする。

菊香だけでなく、貞次郎も将太も寅吉も、卯兵衛を囲むようにして話に加わった。

卯兵衛は皆の顔をぐるりと見やって、もったいぶったような口ぶりで告げた。

「皆さん、気をつけることですな。お宝を使って金儲けを企《くわだ》てているのは佐伯欣十郎であると、手前は耳にしたんですよ」

えっ、と千紘たちは声を上げた。

「そんなまさか！」

ひときわ大きな声は将太のものだ。境内を行き交う参拝客らがちらちらとこちらを気にしている。

卯兵衛は恵比須顔で微笑み、口の前に戸を立てる仕草をした。

「噂は噂ですからな、確かなことがわからん以上、手前はもうしゃべりますまい。けれども、信用できる筋から聞いてしまいましたからな」

千紘は思わず訊いてしまった。

「もしかして、燕助さんから聞いたんですか？」

卯兵衛はうなずいた。

「困った顔をしていましたよ、燕助さん。そりゃあそうでしょうな。かつて世話になった剣術の先生が、あこぎな商いをしているかもしれんのですよ。しかも、腕っぷしの立つ者を幾人も江戸から呼び寄せている。お宝を守る用心棒を増やしたんじゃあないですかね？」

恵比須顔で微笑んだままの卯兵衛が、じっと千紘を見つめてくる。千紘は射すくめられたかのように動けない。背中に冷たい汗が流れる。

居心地の悪い間を打ち破ったのは、調子っぱずれの笑い声だ。

寅吉が突然、腹を抱えて笑い出したのだ。

「いやいやいやいや、旦那！　そりゃあ、お宝の一つや二つ隠してるんなら傑作ですけどね、うひゃひゃひゃ、佐伯道場にゃあ何もありやせんって！　本当ですぜ？　そっけねえ造りで、お宝を収めておけるような隠し部屋も、なぁんにもありやせん！　うは、うははひゃひゃひゃ！」

貞次郎が、笑う寅吉の肩に手を添えた。

「寅吉さんは下っ引きなんです。目明かしの親分から、盗みの現場の検分も教わってるんですって。だから、佐伯道場が怪しくないっていうのは、調べた上での本当のことなんです」

卯兵衛は一瞬、鼻白《はなじろ》む顔になった。お面をつけ直すように、たちまち恵比須顔に戻る。

「そうですか。でしたら、まあ、燕助さんの勘違いかもしれませんな。いや、お騒がせしました」

それでは、と頭を下げて、卯兵衛は去っていった。ずんぐりした体つきのわりに動きは機敏で、のしのしとした歩き方も足音が立たない。

将太は感心したふうだった。

「あの足の運び方、ずいぶん足腰が強そうだ。大したものだな。小物を扱う商人とはいえ、仕入れのために旅をすることがあれば、あんなふうに足腰が強くなるのだろうな」

寅吉は顔をしかめた。

「何とも変わった人でしたね。さっきのお宝の噂、与一郎先生や欣十郎先生に伝えておくのがいいんじゃねえですか？」

馬鹿笑いの気配はもう、微塵もない。固まってしまった場の雰囲気をぶち壊すため、あえてあんな笑い方をしたのだろう。

千紘はため息をついた。

「次から次へと、変なことばかり起こるわね。嫌な噂を聞かされるのも、うんざりだわ。このあたりで打ち止めになってくれたらいいけれど」

寅吉は腕組みをした。

「箱根の山を登ろうってあたりから、けちがつき始めやしたね。勇実先生が駕籠に連れ去られそうになった件ですよ。お金を持ってるように見えたんでしょうかねえ？」

「兄上さまはぼんやりしているから、いかにも御《ぎょ》しやすそうに見えたんじゃないかしら」

　貞次郎は首をかしげた。

「両方じゃないですか？　だって、さらっていくなら、姉上や千紘さん、あるいはいちばん若くて体が小さい私が狙い目でしょう。そうじゃなくて、なぜわざわざ勇実先生を引き込もうとしたのかと考えると」

「お役に就いているような、ちゃんとした武士に見えたから？　めったにない旅の間くらいは、お金を払ってぜいたくをするかもしれないと思われたのかしら？」

　皆で唸ってみたが、答えが出るはずもない。

　寅吉は、顔をくしゃくしゃにして笑うと、己の薄い胸をどんと叩いた。

「ま、気になることがおありなら、この寅吉にお任せくだせえ！　お宝のことを含め、このへんでいろいろ聞いてみまさあね。噂を集めるのは得意なんですから」

　気を取り直したように、菊香は千紘の手を引いた。

「社殿まで行って、お参りしてきましょう」

「そうね。厄を払ってもらわないと」

「きっと悪縁は断ち切られます。だって、この箱根権現には、曽我五郎が使った薄緑丸が白鞘《しろさや》に包まれて眠っているのですから。薄緑丸は、またの名を膝丸《ひざまる》や蜘《く》蛛切《もきり》、吼丸《ほえまる》といって、悪しきものを切ったり遠ざけたりした太刀として有名なのです」

夢物語のようなことを言って、菊香はうっとりと微笑んだ。

将太は感心した様子で、片や貞次郎は呆れかえった様子で、嘆息した。

第三話　心配

一

木漏れ日が降り注ぐ道を、足早に進んでいく。ほんの少し上り坂だ。鳥のさえずりが聞こえてくる。

昼八つ半（午後三時頃）過ぎである。

千紘は再び、菊香と共に出掛けている。箱根権現のお参りから帰った後、耳寄りな話を、佐伯道場の女中たちから教えてもらったのだ。

「この近所に曽我兄弟のお墓もあるんですって！　ねえ、菊香さん。今からお墓参りに行きましょうよ」

菊香は当然ながら、墓の存在を知っていた。道のりもすでに確かめてあったらしい。

「ここからだと、半里余りですよね。尾根伝いに箱根の峠を越える古い道、湯坂道を上《のぼ》っていったところにあると聞きました。お墓の周囲には、石仏や石塔が林立しているのだとか」

今の東海道は、おおよそ須雲川《すくもがわ》沿いの谷あいを進んでいく道だ。幕初の頃に新たに拓《ひら》かれた道だという。両側に杉並木が植えられているせいもあり、見通しはあまり利かない。

幕初の頃には、西から外様《とざま》の軍勢が攻めてくることがまだ恐れられていたという。ゆえに、行軍の妨《さまた》げとなる道を幹線と定めるのも、理にかなっていたのかもしれない。

そんな畏《おそ》れ多いことを平然と口にしていたのは、勇実である。龍治も貞次郎も、楽しそうに軍事談義に興じていた。

「曽我兄弟のお墓までは、迷うような道ではないんですって。一刻《いっとき》（約二時間）もあれば、行って帰ってこられるわ。ね、菊香さん。さっと行ってきましょうよ」

そういうわけで、勇実や龍治や与一郎に断りを入れて、千紘と菊香は道場を出てきた。

与一郎からは「本当に大丈夫か？」と心配されたが、まだ十分に日が高い。昨日の夜、のぞかれていたと知ったときは嫌な気持ちになったものの、今はもう、怯えや恐れは薄れていた。

せっかく箱根まで来たのに、引きこもってばかりもいられない。手が空いたら出掛けてよいと言ってもらっているのだ。菊香の望みを叶えるため、曽我兄弟の墓参りには、ぜひとも行っておきたかった。

一応、足下の心配をして、峠道を越えるための杖をついてきた。しかし、思いのほか道は整っていた。

「お墓参りをする人が絶えないのかしらね」

千紘はそう言って、あたりを見渡した。

箱根権現に比べると、湯坂道にはひとけがない。二人ほどとすれ違った。後ろのほうに人の姿が見えたこともあったが、途中で離れたようだ。

のどかな道だ、と思う。山の緑が目に染みる。江戸ではついぞ見たことのない景色である。

雉《きじ》の甲高《かんだか》い鳴き声が聞こえた。

千紘はちょっと顔をしかめた。

「菊香さんは雉を食べたことがありますか？」

「ありませんね。先ほど、欣十郎先生のお弟子さんが、三羽ほど捕らえたという話をしておられましたが」

「そうそう、今日の夕餉は雉を鍋にすると言っていたでしょう？　稽古の後に雉を捌《さば》くんですって。龍治さんや貞次郎さんも、やってみたいと手を挙げていましたよ」

「あら、貞次郎も？　近頃、ちょっとたくましくなったみたいですね。昔は、血を見るだけで怖がって泣いていたのに」

「菊香さん、そんな話を人前でしては駄目よ。貞次郎さんの沽券《こけん》にかかわるわ」

「そうですね。あの子、外ではずいぶん格好をつけたがりますから。許婚《いいなずけ》になるかもしれないお嬢さんたちの前では特に、背伸びばっかりして」

「お嬢さんたちということは、まだ二人ともと付き合っているんですね。早く決めてあげたほうが、傷が浅いと思うけれど」

　道の左右に立つ石仏の前には、きれいな水が供えられている。

　石仏の数は、進むにつれて増えていった。千紘たちの身の丈を超すほどの大きなものもある。蔦《つた》に巻かれたもの、苔《こけ》むしたもの、長い年月に晒されてすり減ったものも、すっかり割れてしまったものもある。

行く手の左側に池が見えた。澄んだ芦ノ湖とは違い、こちらの池の水面はどんよりと鈍い色をしている。

「精進池って、この池ですよね？　魚が棲めない地獄の池」

千紘が確認すると、菊香はうなずいた。

「昨日の怪談の池ですね。昔はこのあたりに毒の煙が噴き出していた、と」

「温泉は体にいいのに、毒の池も湧いているだなんて、何だか不思議」

湯坂道沿いの石塔や石仏は、峠越えの旅のさなかに命を落とした人々を供養《くよう》するために、これほどたくさん造られたのだという。

石塔は、小さなものから見上げるほどのものまで、さまざまだ。

大半は五輪塔《ごりんとう》である。下から順に、地、水、火、風、空を意味する形の石を積み上げた塔だ。

より凝った形をした宝篋印塔《ほうきょういんとう》の塔身には、梵字《ぼんじ》だけでなく、建立の年紀を彫ったものもあった。

やがて、千紘と菊香は目的のところにたどり着いた。

曽我兄弟の墓と呼ばれる供養塔は、峠の頂上近くに建てられていた。

二つ並んで寄り添った、素晴らしく大きな五輪塔である。八尺五寸ほど（二・

五メートル超）の高さであると、佐伯道場の女中から聞いたとおりだ。

兄弟の墓の隣に、少し背の低い五輪塔が一基ある。兄の曽我十郎の恋人であった虎御前《とらごぜん》の墓といわれているらしい。

石塔の下に、曽我兄弟や虎御前の骨はないそうだ。

三人の死からいくらか時が経った頃、これら三基の大きな石塔が建てられた。初めから三人の死を悼《いた》むためのものであったのかはわからない。

だが、いつしか曽我兄弟の墓、虎御前の墓と呼ばれるようになり、三人のための祈りが捧げられるようになった。石塔や墓石がこの世とあの世をつなぐよすがとなるのなら、ここに集められた祈りはきっと、三人のもとに届いているだろう。

千紘も墓前に至ると、厳《おごそ》かな気持ちになって、黙って手を合わせた。隣で合掌《がっしょう》した菊香は、千紘より長く瞑目《めいもく》していた。

まぶたを開き、菊香は千紘に微笑んだ。

「幼い頃から憧れていたことが叶いました。曽我五郎が過ごした地に行ってみたい、とりわけ箱根に行ってみたいと思っていたんです。こうしてお墓に手を合わせることもできて、とても嬉しい。千紘さんが誘ってくれたおかげです。ありがとうございます」

「喜んでもらえてよかったわ。わたしも、菊香さんと一緒に旅ができて嬉しいの」

菊香は石塔に近づいた。断りを入れながら、苔むした水輪《すいりん》に触れる。

「苔を削った痕がありますね」

千紘は菊香の指差すところをのぞき込んだ。

「あら、本当。誰かが持ち去ったのね」

「主君の仇討ちを遂げた赤穂浪士《あこうろうし》の大石内蔵助《おおいしくらのすけ》も、身を潜めていた上方から江戸に下る途中、箱根に立ち寄って、ここでお墓参りをしたそうです。仇討ちの先達である曽我兄弟にあやかって、自分たちも本懐《ほんかい》を遂げられるようにと。そのとき、苔を少し取ってお守りにしたといいます」

「菊香さんは持って帰らないの？」

「やめておきます。貞次郎に呆れられそうだし、一つ持ち帰ることにしたら、それを皮切りに、限りがなくなってしまいそうですから」

坂を上ってきたので、うっすらと汗をかいている。少し弾んでいた息は、そろそろ落ち着いてきた。

戻りましょうか、と菊香が言った。

千紘がうなずいたとき、駆けてくる足音が聞こえた。

男が、坂を駆け上がってくるのだ。その姿を目に留めた途端、千紘は体が強張った。男は覆面《ふくめん》をしている。裾をからげた着流しで、腰には長ドスを一本差している。

まともな風体《ふうてい》ではない。見知った誰かの姿でもない。

しかし、ただの通りすがりだ、とは思えなかった。

頭巾《ずきん》からのぞく目は、まっすぐこちらに向けられている。

「ねえ、菊香さん。何かしら、あの人？」

菊香は鋭くささやいた。

「ならず者ですね。塔を背にして、動かないでください。背後を取られてはなりません」

菊香は杖の握り方を変えた。刀を握るように持ち替えたのだ。

あっという間に、ならず者は千紘と菊香に詰め寄ってきた。

正面に立ったならず者は、開口一番、ドスの利いた声を響かせた。

「てめえら、お宝のことを探ってるみてえだな？　佐伯とかいう用心棒のところに泊まってんだろ。噂じゃあ、てめえらがお宝を隠し持ってるって話だが、違うのか？　ま、いずれにせよ、知っていることを吐いてもらおうか」

覆面の奥からじろじろと見つめてくる目は気味が悪い。千紘は菊香にすがってしまいそうになったが、唇を嚙んで耐えた。

菊香は千紘を守ってくれようとしている。その足を引っ張る真似はできない。

千紘は杖を握り締め、声を励まして言った。

「わたしたちは、お宝のことなんて何も知りません。佐伯欣十郎先生の剣術道場にお世話になっているのは、こちらの道場の門下生たちと手合わせをしていただくためです。おかしな勘繰りをされるような、やましいことは何もありません」

ならず者は笑い出した。

「威勢がいいな、おい。かわいがってほしいのかよ？」

気分の悪い笑い方だ。大人の男に怒鳴り声を上げられると身がすくむが、意味のわからない笑い声もまた恐ろしい。得体の知れない恐怖に、じわじわと押し包まれていく。

ならず者は無遠慮に近づいてきた。

「お宝のことを知らねえんなら知らねえで、かまやしねえんだがよ。生意気な口を利くもんじゃねえぞ。東海道でふっと行方《ゆくえ》知れずになる女はいくらでもいるんだぜ」

　菊香は無言で杖の先をならず者に向けた。ならず者は意にも介さず、より近づこうとしてくる。菊香の杖をつかもうとしたのだ。

「おお、勇ましいねえ。そう睨むなって。両方とも上玉だな」

　品のない笑い声が耳障《みみざわ》りだった。

　ならず者の手が杖に触れんとしたとき、菊香は動いた。踏み込んで杖を振う。杖がひゅっと風を切る。

　痛烈な一打がならず者の肩に入った。ならず者は目を見開いた。倒れはしなかったが、ぐらりと体が揺れた。

　菊香は杖の先をならず者に向けた。

「あなたは、お宝のことを知りたいのですか？　それとも、人さらいですか？」

　ならず者は答えない。脅しつけるように、ゆっくりした動きで、腰に差した長ドスを抜こうとする。

　菊香はすかさず、ならず者の手を打った。ならず者は長ドスを取り落とす。鞘のそばに括《くく》りつけてあった根付が、弾みで紐が千切れたのか、ぽろりと落ちた。

ならず者は呻きながら、数歩下がる。

菊香は油断なく杖を構えている。長ドスは両者の間に落ちたままだ。

ならず者は懐に手を突っ込んだ。

「このあま！」

懐から匕首《あいくち》を取り出し、鞘を捨て、ならず者が菊香に飛びかかってくる。

千紘はとっさに、杖をならず者に投げつけた。杖はならず者の太ももに当たり、足捌《あしさば》きにからまる。ならず者はすっ転んだ。

匕首を握ったままの手を、菊香が杖で打ち据える。くぐもった悲鳴が上がる。

菊香はもう一撃、ならず者の背中に杖の先端を突き入れる。

杖の先に覆面が引っ掛かった。菊香はそのまま引っ張った。

布が裂け、ならず者の顔があらわになった。やはり、見知らぬ顔だ。左耳の上半分がない。

ならず者は凶悪な顔で菊香を睨む。菊香はもう一度、杖をならず者の背中に振り下ろす。ならず者は呻いた。

菊香は千紘の傍らに飛んできた。

「逃げましょう！」

千紘と菊香は、すかさず身をひるがえし、駆け出した。

ならず者はわめいた。

「待ちやがれ！　てめえら、ただじゃおかねえ！」

ちょうどそのときである。

坂の下のほうから、野太い男の声がした。

「おおい、曲者がいるぞ、こっちだ！」

別の男の声が応じた。

「おなごが襲われている！　人さらいが出たぞ！」

さらに別の男の声が聞こえた。

「捕り方を呼んできた。もうじき着くはずだ！」

千紘たちの背後で、ならず者が罵声《ばせい》を吐いた。

「ちくしょう、覚えていやがれ！」

千紘は振り返った。

「あ、逃げていくわ」

ならず者はふらふらと立ち上がり、峠道を向こうへと、どうにか走っていく。

それを確かめた途端、千紘は力が抜けて足が止まった。

菊香も立ち止まった。

「びっくりしましたね」

「菊香さん、ありがとう。どうなることかと思いました」

「相手が大した使い手ではなかったから助かりました。運がよかったんです。先ほどのならず者、一体、何だったんでしょうか」

「わからない。おかしなことがこんなに立て続けに起こるなんて、どういうことなの？　お宝って何なのかしら。本当にそんなものがあると思います？」

菊香は小首をかしげた。

小柄で浅黒い肌をした男が一人、地蔵の陰から姿を現した。

「よう、お嬢さんたち。ひでえ目に遭ったな。怪我なんかしてねえかい？」

千紘とも大差ない背丈だ。小柄ではあるが、頭が小さくて手足が長いので、子供っぽい背格好という印象はない。

顎に大きなほくろがある。男前といってよい顔立ちに、そのほくろが愛敬を加えている。

男は気さくに笑って名乗った。

「手前は次郎吉《じろきち》ってんだ。箱根名物の寄木細工や豆人形を売り歩いてるんだが、妙ないでたちの男がこっちの道を走っていくのを見掛けたんで、気になってな」

千紘はあたりを見回して、少し困惑した。

「あなたおひとりですか？」

「おう、一人だ。何人も仲間がいるように思ったかい？　そりゃあな、こんな背の低い男がのこのこ一人で出ていっても、大したことはできねえだろ。というわけで、ここに隠れて声色《こわいろ》を使い分けて、何人もいるように振る舞ったのさ」

次郎吉は売り物を入れた行李《こうり》を背負い直し、野太い男の声から可憐な女の声まで、いろんな声を出してみせた。

千紘も菊香も、からくりがわかって、ようやくほっとした。

「助けていただき、ありがとうございます」

二人で頭を下げる。

「いいってことよ。お嬢さんがたの宿まで送っていこう。忘れ物や落とし物はないかい？」

菊香は、曽我兄弟の墓のほうを指差した。

「ちょっと見てきたいので、いいですか？　気になることがあって」

「いいぜ。一緒に行こうか」

次郎吉を連れて、千紘と菊香は、今しがた逃げてきた道を戻った。

千紘は、男に投げつけた杖を拾った。菊香はしゃがみ込んで、小さなものを手に取った。

「菊香さん、それって根付？」

「そうです。先ほどの男が落としたものです」

「それ、さっきの男を捜し出す手掛かりになるかしら？」

菊香は、四角い形をした根付の土を払った。小首をかしげる。

「松に雁《かりがね》？」

次郎吉が千紘と菊香に声を掛けた。

「じゃあ、さっさとふもとに降りよう。日が暮れちまわないうちにな。早足で行くぜ。いいかい？」

菊香は少し名残惜しげに、曽我兄弟の墓に頭を下げ、そっと言った。

「いつかまたここに来られますように」

千紘は、お別れの済んだ菊香の手を取って歩き出した。

二

次郎吉の姿を見た途端、龍治は飛びかかっていって、その胸倉《むなぐら》をつかんだ。

「おまえ、昨日はよくも姿をくらましやがって！」

龍治より小柄な男前で、浅黒い肌の、二十代後半といったところの年頃。見間違えようがないのは、顎にあるほくろだ。

勇実も、凍《い》てついたような目で次郎吉を見ている。

次郎吉はごまかし笑いを浮かべて弁明した。

「いや、あの、昨日はどうもお気に召さなかったようで……」

「ふざけるな！　あの宿の者か？」

「違う違う、違います！　手前はただのみやげ物売りで、あの宿のことはお客さんから聞いて、ちょいと自分でも調べたり確かめたりしていただけで！」

「調べてただぁ？」

「おもしろおかしい噂は、お客さんとの話の種になるんですよ。特にあの宿は、今の女将が来た頃から妙な噂ばっかり耳に入ってくる。でも、兄さんたちはまじめなんだねえ。少しはおもしろがってくれるかと思ったんだが」

「おもしろいもんかよ！　おい、おまえ、千紘さんと菊香さんには何も言ってないだろうな？」

次郎吉はちらりと千紘たちを見やった。何かに気づいた顔をする。

「あ、なるほど。こちらのお嬢さんがたがちょうど湯に……」

「どっかの助平野郎があの竹筒をのぞいてたかもしれないと思うと、胸くそ悪くてしょうがないんだよ！　おまえも片棒を担いでたんだよな？　殴られる覚悟は決まったか？」

「待って待って待って！　て、手前はただ、あれのことを知ってただけで、関わりはないんですよ！　本当ですってば！　後生《ごしょう》ですから信じてください。ね？」

「口先だけなら何とでも言える！　舐《な》めるな！」

千紘は龍治の剣幕にぽかんとしていた。剣術稽古のときの気迫とはまた違う。こんなに激しく怒鳴り散らすところなど、見たことがあっただろうか。

菊香が千紘の腕に触れた。

「そろそろ止めたほうがいいのでは？　喧嘩になったら大変ですよ」

千紘ははっとして、龍治の腕にしがみついた。

「龍治さん、やめてください！　ちょっと落ち着いて。やぐら屋さんのことは、いったん脇に置いてください。次郎吉さんはさっき、わたしと菊香さんを人さらいから助けてくれたんですよ」

「人さらいだって？」

勇実も龍治も驚きの声を上げた。

胸倉をつかむ手が緩んだのだろう。その隙に、次郎吉はさっと逃げ出した。悠然と襟元を直しながら、事情を説明する。

「手前の仕事はみやげ物売りなんで、いろんなところを歩き回って、お客さんをつかまえるわけですよ。道案内なんかもしながらね。曽我兄弟の墓はどこかって訊かれたんで、ご一緒した帰りのことだ。お嬢さんがたとすれ違った」

道場への帰りの道すがら、千紘と菊香も聞かされた話だ。

客と一緒に曽我兄弟の墓まで行って帰ってきたところ、まず千紘と菊香とすれ違った。すぐ後に、妙な男ともすれ違った。客を元箱根の宿まで送った後、胸騒ぎを覚えて引き返し、千紘と菊香が覆面の男とやり合っているのを見つけた。

勇実も龍治も次郎吉の話を聞くにつれ、顔色をなくしていった。

龍治は次郎吉の肩をつかんだ。

「ちょっと待ってくれ。こういうことはよく起こるのか？」

「まあ、まずい輩《やから》が箱根に紛《まぎ》れ込むことは、たまにあるねえ。箱根の関を越えさせちゃあならねえようなお尋ね者がさ」

箱根の関所は、一行が滞在する元箱根の町から見て南西に置かれている。その周辺が箱根宿だ。幕初の頃に造られた町で、大名など身分の高い武士が泊まる本陣もそちら側にある。

関所は南西を芦ノ湖、北東を屏風山《びょうぶやま》に挟まれており、強引には突破できないようになっている。関所を越えたい者は、定めに従った手形や書類を用意して、身元の検《あらた》めに応じなければならない。

入鉄砲出女《いりでっぽうでおんな》という言葉がある。箱根の関を越えられないものを示す言葉だ。治安を守るため、江戸方面へ鉄砲を持ち込むことは、原則として禁じられている。江戸から上方方面へ出る女は、特別にじっくりとした調べを受ける。これは、江戸に人質として住まわされている大名の正室が逃亡するのを防ぐためだという。

形だけのものになっている決まりもあると聞くが、それでも箱根の関所は身元の検めが厳しい。江戸を含む関八州で罪を犯した者はやすやすと越えられないし、関所破りは重罪である。

次郎吉は指折り数えた。

「手前も箱根に来て、八、九、十……一年ってとこかなあ。ふらふら旅してたんだが、結局、箱根に居着いている。手前みたいなやつはほかにもいる。欣十郎先生のところだってそうでしょ？」

勇実は千紘と菊香に尋ねた。

「本当に何もされていないんだな？」

「平気よ、兄上さま。わたしも菊香さんも大丈夫。菊香さんが杖を刀の代わりにして闘って、守ってくれたの」

次郎吉は、ぱっと顔を明るくした。手を振る先には、与一郎と欣十郎がいる。道場から庭に出てきたところだった。

「おお、欣十郎先生！　お加減いかがですか？」

欣十郎は苦虫を嚙み潰したような顔をした。

「またおまえか。俺のまわりをうろうろするなと言っているだろうが」

千紘は欣十郎に尋ねた。

「次郎吉さんのことをご存じなんですね？」

「こいつはな、一年ほど前に箱根に流れ着いたんだ。もとは江戸にいたらしい」

次郎吉は調子よく、額をぴしゃりと打った。

「商いでしくじっちまって、江戸にいづらくなったんでさあ。ほとぼりが冷めるまでと思って箱根で過ごすうちに、欣十郎先生との付き合いも早一年ですよ」

「付き合いなんてもんじゃあねえ。おまえが俺につきまとっているだけだ。それに、おまえは商いではなく、博打《ばくち》でしくじったんだろうが」

「へへへ、酔った席でちらっと話しただけだったのに、よく覚えてらっしゃる」

「俺は酒には呑まれねえんだ。とっとと失せろ。俺も暇じゃねえ」

「つれないことばかり言いなさんなって。今日こそは本当に欣十郎先生のお役に立ちましたよ。人さらいに襲われていたお嬢さんがたを助けて、こちらまで送り届けに来たんですから」

人さらいという言葉に、与一郎も欣十郎も色を失った。

「千紘、本当なのか？」

真剣な顔をした与一郎に、千紘はうなずいた。

「覆面の男が急に話し掛けてきて、初めは、お宝について知っていることを吐けと言われました。知らないと答えたら、生意気な口を利くようならかどわかすぞ、というふうに脅されたんです。菊香さんが守ってくれて、最後は次郎吉さんが追い払ってくれました」

　菊香が剣術を使えることは、与一郎もよく知っている。それでも真剣な表情は少しも緩めず、菊香に問うた。

「怪我はないか、菊香どの？」

「ありません。千紘さんも、ならず者には指一本触れさせませんでした。ならず者の覆面が剝《は》がれたので、顔を見ました。左耳の上半分がないのが、その者の特徴です」

「そうか。しかし、恐ろしい思いをさせてしまったな。嫌な思いもしたはずだ。これは、箱根に連れてきた儂《わし》が責めを負うべきだな」

　そんなことはない、と千紘も菊香も口走った。出掛ける前にも与一郎は心配してくれたのに、護衛を断ったのは千紘と菊香なのだ。

　与一郎は千紘たちの言葉を手で制し、欣十郎に厳しい目を向けた。

「箱根がこんなに危《あや》ういという話は聞いていなかったぞ。おまえ、やはり隠していることがあるだろう」

　欣十郎は苦々しげに答えた。

「隠しちゃいない。が、俺が知っていることだけでは十分ではないらしい」

「ならば、おまえは何を知っていて、何を知らんのだ?」

「どうにも奇妙なのは、お宝とやらの話だ」

「お宝がこの道場に隠されているという、あの噂のことだな。おまえが噛んでいるくせに、何を言っておる?」

「火のないところに煙は立たん。おそらく、誰かに嗅ぎつけられたんだろう。それが妙な噂につながっちまった。与一郎、少し話そう。部屋に行くぞ」

与一郎と欣十郎は、肩を並べて母屋のほうへ向かっていった。

龍治は険しい顔をして、二人の後ろ姿を睨んでいた。

「親父と欣十郎先生は似た者同士だよな。隠し事ばっかりだ。すっきりしねえな。嗅ぎつけられたって、何のことだ?」

勇実は、千紘と菊香に告げた。

「あまり外を出歩かないほうがいい。明るいうちから、何が起こるかわからない。心配だ」

千紘はしゅんとした。

「せっかく箱根に来たのに、出歩けないだなんて」

「後で燕助さんの宿に湯を使わせてもらいに行くじゃないか。そのときは私たちも一緒だから安心だ。それでいいだろう？」

「わたしは菊香さんと二人でお買い物をしたかったの！　兄上さまたちがいたら、ゆっくり楽しめないわ」

菊香が励ますように千紘の肩に手を乗せた。

「わたしの楽しみばかりに付き合わせてしまって、ごめんなさい。わたしも千紘さんとお買い物に出掛けたいです。でも、千紘さんが危ない目に遭うのは嫌ですから、いろいろ考えて、よい手を見つけましょう。ね？」

次郎吉が千紘に問うた。

「買い物ってのは、どんなものを見たいんで？」

「おみやげは必ず買って帰りたいんです。それから、菊香さんとおそろいの櫛《くし》か何か、思い出になるようなものを」

次郎吉は、とんと己の胸を叩いた。

「そういうことなら、手前にお任せを！　みやげ物なら、ほら、ここに手前の売り物があるでしょ。あとは、櫛や簪《かんざし》や紅ってとこかい？　ひとっ走り、馴染みの小間物屋のとこに行って、佐伯道場の庭で商いをしてくれるよう頼んでくるよ」

次郎吉は言うが早いか、行李を開けた。

壊れないようきれいに収められたみやげ物は、どれも見事に繊細な造りだ。千紘と菊香はもちろん、勇実や龍治まで、感嘆の声を上げた。

寄木細工は、異なる色合いの木材を組み合わせて、模様として敷き詰めた細工物だ。

次郎吉が手に取ったのは、麻の葉模様と亀甲《きっこう》模様を組み合わせた小箱である。

「箱根みやげといやあ、やっぱり寄木細工だ。今日ここに持ってきてる中では、例えばそう、この豆箱なんてどうだい？　小さいだけじゃあない。手前と箱根の職人で知恵を絞って作り出した、まだここにしかないとっておきの品だ。仕掛けがあって、一筋縄じゃあ開かないのさ。鍵いらずの、不思議の箱だよ」

次郎吉は次に、指先ほどの大きさの人形を手に取った。

「こちらは豆人形。小さいんで、荷物の邪魔にならないでしょ？　いろんなのを取り揃えているんだけど、人気は晴れ着姿の姫君かなあ。着物が細かくて、かわいいじゃねえか。ああ、でも、お嬢さんにお薦めなのはこっちだ。誰の人形だか、わかるだろ？」

菊香の目の前に突き出されたのは、二つで一対の武者の人形だ。水色の直垂にはそれぞれ、千鳥と蝶の模様まで描かれている。

「曽我兄弟のお人形ですね」

「ずいぶん熱心に墓参りをしていた様子だったんでね。どうだい？　二つで百八十文」

千紘は急いで声を上げた。

「買います！　わたし、今ここにお財布持ってるから」

「でも、千紘さん……」

「菊香さん、ここはわたしがお金を出すわ。そして、わたしのぶんのおみやげを菊香さんが買ってくれたら、贈り物をし合うみたいでちょうどいいでしょう？」

菊香は、ぱっと微笑んでうなずいた。

次郎吉が広げたみやげ物に、道場の門下生たちが集まってくる。

次郎吉はおどけた調子で額をぴしゃりと打って、

「おっと、こりゃあ、もっと持ってくりゃあよかったな。さぁて、寄ってらっしゃい見てらっしゃい！」

と、道場の庭先で商いを始めた。

三

部屋で向かい合うなり、与一郎は欣十郎に詰め寄った。

「とんでもないことになったものだな。千紘と菊香どのが無事だったからよかったとはいえ」

欣十郎は苦々しげに言った。

「逃げた男については、すぐに調べさせる。お互い、見込みが甘かったかもしれんな」

与一郎はため息をついた。

「こんなことになるなら、初めから龍治と勇実と将太だけを連れてくればよかった」

「あの三人はとりわけ腕が立つな」

「いくつか訊いておきたい。結局、あのお宝の噂は何なのだ？　門下生たちもずいぶん騒いでいたぞ」

欣十郎は、あぐらの膝をとんとんと指で叩きながら、与一郎に訊き返した。

「騒いでいるというのは、どういうふうに？」

「佐伯欣十郎の前に金を積めば、箱根権現に収められているお宝を間近に見せてもらえる、という噂の真偽を確かめたいようだ」

欣十郎は鼻を鳴らした。

「お宝をだしに金を巻き上げているのは俺じゃあねえ。俺が調べてる相手だ。おまえにも話したとおりだが」

「宿場や関所の役人は、やはり動かんのか？」

「動くもんか。やつらは宿場や関所の守りを固めること以外、野放しだ。だから俺が動いてんだよ。江戸まで使いっ走りをする羽目にもなった。言っただろうが。江戸と箱根は勝手が違う。それで、おまえにも助力を願った」

「おまえのような男が野放しとはな」

「人聞きの悪い言い方をするな」

与一郎はこめかみを指先で揉みほぐした。箱根に着いて以来、せっかく温泉につかっているというのに、妙な心労のせいで疲れが取れない。

「昨日、勇実をやぐら屋に連れていったようだが、あれは何だったのだ？」

「勇実どのから聞いていないか？」

「おまえが勇実に口止めしたんだろうが。まだ誰にも話すなと言われたから、と勇実は気まずそうにしていたぞ」

欣十郎は苦笑した。

「馬鹿がつくほど正直だな。そうか、なるほど。矢島道場随一の秀才どのは、そういう人柄か。もっとこう、うまくやるくちかと思ったが」

「世渡りの得意な男ではない。策を練るなり罠《わな》を張るなりするなら、龍治のほうが使えるかもしれん。龍治は、学問はからきしだが、知恵は回る」

「なるほど。龍治どのは顔立ちだけでなく、頭が切れるところも珠代さんに似たのか。おまえは猪武者《いのししむしゃ》だったからなあ」

「どの口が言うか」

与一郎は少し笑い、欣十郎の殺風景な部屋を見回した。

床《とこ》の間《ま》に粗末な掛け軸がある。与一郎にも馴染みのある字で「寛仁《かんじん》」と書かれている。二人が師事した剣客の手によるものだ。広い心で敵をも赦《ゆる》し、決して人を殺めてはならない、という教えである。

与一郎は問うた。

「あの教えは、今でも守っておるのか?」

「一応な。門下生らを死なせたこともない。おまえはどうだ、与一郎よ。捕物に駆り出されて、皆で無事に帰ってきているか？」

「まあ、そうだな。下手人《げしゅにん》が自ら命を絶つのを止められなかったことはあったが」

何かと因縁《いんねん》があった女装の凶賊の死は、龍治が見届けた。やつれ切った姿になりながら、慕った人の前で、迷いのない様子で死んでいったという。

その一件について与一郎に語る龍治は、目を爛々《らんらん》と光らせていた。凄絶な顔つきだった。あのときは己もこんな顔をしていたのだろうか、と与一郎は思った。

人が血にまみれて死んでいく姿を、与一郎も間近に見つめたことがある。まばたきもできなかった。

かつて同門の仲間が強盗と対峙《たいじ》して斬り殺されたときのことだ。与一郎と欣十郎は、決して忘れるまいと誓い合った。

きっと今、欣十郎も、与一郎と同じ情景を頭に描いているのだろう。

「師の教えを破りはしないが、刀を抜くことにも迷いはないぞ。俺は、守るべき若者らを抱えてるんでな」

「儂もだな。人を殺めぬことと木刀に固執《こしつ》することは、まったく別だ。龍治もわかってきているようだが、勇実はこちら側の人間ではない。勇実の手は、書物と筆を執るためにある。刀を抜くためではない」

「それだというのに、おまえは勇実どのを捕物に駆り出しているのか？　とんだ鬼師範だな」

「命のやり取りになるほどの捕物など、めったにない。うちの連中は腕が立つからな」

欣十郎はふんと笑い、改めて与一郎の目を見た。

「話を整理しよう。俺がおまえに助力を願ったのは、江戸から逃げてきた博徒《ばくと》どもの巣が箱根にあると踏んだからだった。もし大捕物になるとしたら、うちの連中だけでは手が足りん」

与一郎はうなずいた。

外からは、若者たちのにぎやかな声が聞こえてくる。閉め切った部屋の中は、じっとりと蒸し暑い。

あたりがすっかり暗くなるまでには、まだ半刻（約一時間）ほどあるだろう。

「わたしの足なら、夜になる前に、胡蝶屋まで行って帰ってこられるはず」

菊香はそう考えた。そして、護身のための杖を手に、一人で佐伯道場を抜け出した。

夕餉の支度の前に、雉の下ごしらえをする。それを見物するのしないのと、皆は大騒ぎをしていた。雉だけではなく、山女魚や鮎も手に入ったから、そちらの料理もしなければならない。

千紘は、怖いもの見たさで、雉を捌くところに立ち会うらしい。龍治と仲良く笑ったり騒いだりしているところを、菊香は邪魔したくなかった。だから、声を掛けずに出てきた。

曽我兄弟の墓の前でならず者に襲われたとき、相手が根付を落としていった。その根付が、どうにも引っ掛かっている。

松に雁、という図柄だ。花札の絵に似せた構図になっている。古びてはいるが、彫りが細かくて、よくできている。

よくできているだけに、なぜこんな図柄を選んだのだろうか、と思った。花札の絵柄の組み合わせは、松ならば鶴だし、雁ならば芒《すすき》である。

なぜと考えて、すぐに心当たりに行き着いた。同じ引っ掛かりを覚える根付を、つい昨日も、今日の昼も、見たではないか。

胡蝶屋に泊まっている、卯兵衛である。

卯兵衛の根付は、鹿に牡丹だった。普通、鹿にはもみじが添えられるはずで、牡丹と共に描かれるのは蝶だ。

人を疑うことは、きれいなことではない。

だが、どうしても菊香は疑いを抱いてしまった。

卯兵衛の素性《すじょう》をいま一度、きちんと尋ねておきたい。ちぐはぐな絵柄の根付がただの偶然であれば、それでいい。

しかし、もしもそれが偶然でないのなら？

昼間に箱根権現で卯兵衛からうっすらと感じた気味の悪さは、何だったのか？

確かめねばならない。

元箱根の町は、今日の宿を探す旅人への客引きでにぎわっていた。茶屋は店じまいの刻限だ。

菊香は素早く足を交わして歩き、胡蝶屋におとないを入れた。燕助を呼んでもらう。

さほど待たされることもなく、燕助は表に現れた。客商売の家で育っただけあって、すでに菊香の顔も名前も覚えているようだ。

のっぺりと優しく整った顔が、菊香に微笑みかけた。

「菊香さん、お一人ですか？　もうすぐ暗くなっちまうでしょ。こんな刻限に、どうしました？」

道中で考えてきた台詞《せりふ》を、菊香は声に乗せた。

「落とし物を拾ったのです。根付なのですが、卯兵衛さまに見ていただいたら、持ち主に心当たりがあるかもしれないと思い、こちらを訪ねました」

「ああ、卯兵衛さんが扱っている根付かもしれないってことですね。でも、ちょいと遅かったですね。卯兵衛さん、さっきお出掛けになっちまったんですよ」

「出掛けた？　お食事か何かでしょうか？」

「食事だけでお帰りになるかどうかは、ちょっとねえ……」

燕助は言葉を濁した。女郎屋にでも行ったのだろう。

菊香は嘆息した。意気込んでいたのに肩透かしを食ってしまい、力が抜けるのを感じる。

「承知しました。お呼び出ししてしまい、申し訳ありません」

頭を下げた菊香に、燕助は手を振ってみせた。

「このくらい、お気になさらず。この刻限はね、台所の奉公人たちは夕餉の支度でばたばたしているんですけど、あたしは放っておかれるから、けっこう暇なんですよ」

「お心遣いありがとうございます」

「今日は、お湯に入りにいらっしゃいます？」

「はっきりしないのです。今、道場では皆で盛り上がって、雉や川魚を捌いています。このまま宴が始まってしまうかもしれません。そうしたら、こちらには来られないかもしれませんので」

「それは楽しそうですねえ。菊香さんも宴に乗り遅れちまわないように、急いでお帰りなさい。まもなく日が落ちます。そうしたら、すぐに暗くなるから、その前に。いや、あたしが送っていきましょうか？」

胡蝶屋の奥から燕助を呼ぶ声がした。

燕助自身は、この刻限は暇だと言ってくれたが、そんなことはあるまい。燕助はもちろん、取り次いでくれた女中も感じがよかったし、掃除もきちんと行き届いている。胡蝶屋はきっと人気の宿だ。いつだって忙しいはずである。

菊香は燕助に暇を告げた。

「わたし、帰ります。一人で大丈夫ですから。失礼いたします」

「あの、ちょいと待って。そしたら送っていけますから。ね？」

「わたしのことなら、大丈夫ですから」

心配そうな燕助を振り切るようにして、菊香は帰路に就いた。足を速める。

一人になると、ため息が出た。

「心配、とは……」

ぴんとこない。

まわりの皆が気遣ってくれるほどには、菊香は昨日のことも今日のことも、怖いと思っていない。

この胸にあったのは、怒りだ。千紘を怯えさせた者に対する、猛烈な怒りである。

自分が女の身であることが、時折、うっとうしくてならない。力の強い男ならばよかったとか、いっそ鋭い牙《きば》を持つ獣《けもの》であったならとか、夢物語のようなことを思ってしまう。

菊香の胸の内にある本心は、あくまで獰猛《どうもう》なのだ。それを知っているのは、菊香自身だけだろう。不埒《ふらち》な宿の思惑も、さして腕の立たない人さらいも、怖いはずがなかった。

湯坂道の人さらいは、杖ではなく、相手が落とした長ドスで叩きのめせばよかった。

「わたしなら、きっとできたのに」

ふと、足音が耳についた。男の足音だろう。三人か、四人か。

菊香は杖を握り直した。

またつけられていたのか、と悟る。

「千客万来、といったところかしら。やはり一人で来てよかった。千紘さんを巻き込むわけにはいかないから」

心の臓が高鳴る。竹刀を振るうときの高鳴り方だ。怯えてなどいない。菊香は気息《きそく》を整える。

菊香は、道の脇に立つ松の木を背に、ぱっと振り向いた。

ならず者でございと言わんばかりの崩れた身なりの男が四人、駆け寄ってきて菊香を囲んだ。

「よう、姉さん。佐伯欣十郎んところに出入りしてんだよな？　あの男がお宝を持ってるって話を聞いたんだが、姉さん、知らねえかい？」

ならず者どもの顔を、ざっと見渡す。見たことのある顔はない。湯坂道で襲ってきた男もいない。

「そのお宝の噂、どなたからお聞きになったのでしょう？」

「さあて、誰だったかなあ？　みやげもの屋の連中だった気もするが、何せ、あっちからもこっちからも聞こえてくるからねえ」

「あなたがたも宝については何もご存じないということですか」

「姉さんのほうが詳しいんじゃないかねえ？　道場の連中、あれこれと探ってやがんだろ。江戸から助っ人だか何だかを呼び寄せて、何をたくらんでんだ？」

「存じ上げません」

「つれない言い方をするねえ。もうちっと愛想よくしてくれてもいいじゃねえか。姉さん美人なんだからさ、にっこりしてくれなきゃ怖いのよ」

ならず者たちはにやにやと笑っている。

相手が女と見ると、こうやって舐めてかかる者が何と多いことか。猫撫で声も、気持ち悪くて仕方がない。

こういうときだ。菊香が、男に生まれればよかったと思うのは。

菊香は杖を正眼《せいがん》に構えた。

夕日の位置を確かめる。そちらを正面にしないよう、間合いを測る。

ならず者たちの顔つきが変わった。

「何だ、このあま？　痛い目に遭いてえのか？」

低く脅しつける声音。こちらが本性というわけだ。猫撫で声より、いくらかましである。

菊香は問うてみた。

「根付を落とされたかたはいらっしゃいませんか？　松に雁の根付です」

ならず者どもの表情を確かめる。訝《いぶか》しんだ者はいても、めぼしい反応をした者はいない。今、根付を身につけている者もいない。

曾我兄弟の墓で出くわしたあの男とは、また別の陣営ということだろうか。

今まで黙っていた一人が、しびれを切らしたように、ずかずかと進み出てきた。その手に木刀がある。

「しつけがなってねえ女だな。礼儀を教えてやろうか！」

振り回された木刀が、空《くう》を切って唸った。

無駄な力が入りすぎている。振り切った後が隙だらけだ。抵抗しない相手を打つためだけに、木刀を振るってきたのだろう。

油断しなければ、後れを取ることはあるまい。

菊香は、向かってくるならず者の歩みに合わせ、すっと踏み込んで杖を突き出した。

四

勇実が気づいたときには、菊香の姿が道場になかった。千紘に尋ね、貞次郎に尋ね、与一郎に尋ね、商いのために行ったり来たりしている次郎吉にも尋ねてみたが、誰も菊香を見ていないという。

胸騒ぎがした。

「菊香さんがいないかどうか、ちょっとそのあたりを見てくる」

千紘に告げた。龍治や将太や貞次郎にも聞こえただろう。

勇実は門を出て坂を下った。

日は山の陰に隠れた。残光で薄明るい。逢魔《おうま》が時《とき》だ。明るいとも暗いともつかないので、目がうまくついていかない。

いや、すっかり夜になってしまえば、勇実はがくんと目が見えにくくなる。それよりはまだ、逢魔が時のほうがいい。

舌打ちしたいような気持ちだった。自分に対して苛立っている。

女だけで出歩かないようにと告げたときの、菊香のまなざしが勇実の胸に突き立っている。

冷ややかと言おうか。まったく関心がない、と言わんばかりのまなざしだった。勇実の言葉は少しも菊香の心に響いていなかったようだ。

「千紘の心配だけではないんだ。菊香さんこそ危なっかしい。もっと歩み寄ってもらえないんだろうか」

独り言をつぶやく。答える人のいない言葉は、むなしい。苛立ちを連れてくるばかりだ。

勇実は行き当たりばったりに、元箱根の町のほうへ向かった。手っ取り早く人に尋ねて回ろうと思ったのだ。

日が落ちると、箱根権現や湯坂峠のほうには人の姿がなくなる。宿に引っ込む者も多いが、宵《よい》っ張《ぱ》りの料理茶屋、あるいは女郎屋がにぎわい始める刻限だ。

しかし、町に入るまでもなかった。

「勇実さま」

松の木立のあたりで、急に呼び止められた。ほかならぬ菊香の声である。

勇実は足を止め、大きな松の木の陰に菊香が座り込んでいるのを見つけた。一瞬ほっとした。が、菊香は立ち上がりもしない。勇実は慌てて菊香の傍らに膝をついた。

「どうしたんです？　怪我でもしましたか？」

「足を挫《くじ》いてしまいました。手をお貸しいただけませんか？　杖を持ってきていたのですが、折れてしまったのです」

「杖が折れた？　なぜそんなことに？」

首を巡らせれば、丈夫なはずの杖が真っ二つになって転がっている。

菊香は淡々と言った。

「千紘さんとお墓参りに行ったときに襲ってきた者について、調べたいことがあって元箱根の町に行ってまいりました。そちらは無駄足だったのですが、帰りがけにならず者たちに声を掛けられ、木刀を振り回されたので、杖で迎え撃って追い払いました」

勇実は絶句した。

追い払った、と菊香は簡単に言うが、ならず者たちが振り回したのが木刀ではなく真剣だったら、どうなったことか。

そもそも、ならず者と対峙すること自体、恐ろしいはずだ。勇実がそんな場面に陥《おちい》ったら、混乱するか途方に暮れるかで、体がまともに動かなくなるだろう。

それなのに、どうしてこんなに菊香は淡々としているのか。

何とも言えない感情が、勇実の胸にふつふつと湧き上がってくる。

ほとんどため息そのもののような声で、勇実は名を呼んだ。

「菊香さん」

「はい」

「菊香さん、お願いです。そんな無茶はやめてください。急にいなくなって、危ない目に遭って、怪我までして、それなのにそんな平気そうな顔をして……」

ああ、と嘆息する。うまく言葉が継げない。

対する菊香は、ただ目を伏せた。まつげの陰に隠れた目からは表情がうかがえない。

「足を挫いたのは、ならず者を追い払った後です。この松の木の根につまずきました。大した怪我でもないのに、何だか力が抜けて、立ち上がれなくなってしまいました」

「自分で思う以上に、気を張ってしまったせいでしょう。ほっとした途端に疲れがどっと出るのは、よくあることです。ほかに怪我は？」

「打たれたり斬られたりはしていません。今日出くわしたのは、二度とも、わたしを女だと侮《あなど》っている者ばかりでした。その隙を突けば、たいていはどうにかなります」

「そうかもしれませんが、そんな話を後で聞かされるほうは、ぞっとしますよ。なぜ、出掛ける前に私たちに一声掛けてくれなかったんです？」

「皆さまのお手を煩《わずら》わせるほどのことではないと思ったからです。自分の身は自分で守れます。この足だって、少し休めば歩けるくらいにはなるはずですから」

勇実はかぶりを振った。菊香と目を合わせたくて、できるだけ身を屈める。それでも菊香がうつむきがちなので、菊香の両肩にそっと手を添え、顔を上げさせた。

ようやく目と目が合う。

「私も、菊香さんの腕が立つことは知っています。千紘を守ってくださったこと、心から感謝しています。でも、それとはまた別の想いがあるんですよ。菊香さんが身の危険を顧《かえり》みずに一人で闘おうとすることが、私にはつらいんです。心配で心配でたまりません」

なぜ、とつぶやきかけて、菊香は唇を引き結んだ。

勇実は言葉を重ねた。

「本当に心配なんですよ。それ以外の言葉が思いつきません。菊香さんをつなぎとめたり閉じ込めたりしたいわけではないんです。剣術もやわらの術も得意な菊香さんのことを、尊敬もしています。でも、どうしても心配なんです」

あきらめたように、菊香は息をついた。

「わたしのことなんて、お気になさらなくてもいいのです」

「困りますね。そんな言い方をされると、かえって心配の種が増えてしまう。菊香さんの場合は、度胸がいいのとは少し違う気がするんですよ。自分に対して投げやりで、自分の身がどうなってもいいと思っているかのようで、見ていてつらくなります」

「なぜそんなことをおっしゃるんですか？」

菊香の声は消え入りそうだった。

勇実が追い詰めてしまっているのだろうか。違うのだ、責めているつもりはない。

言葉を重ねなければ、何も伝わらない。だから何か言いたいのに、心のままをうまく表す言葉が見つからない。

けれども。

なぜ、と問われたら、答えはただ一つしかない。

「前にも言いましたよね。私は、菊香さんのことが好きなんです」

菊香は息を吞み、目を上げた。まるで怯えているかのように、頬を強張らせている。

やっぱり駄目だな、と勇実は思った。力が抜けて、笑ってしまう。

「そんな顔をしないでください。あなたを困らせるような意味合いではありませんよ。私も、千紘も、私のところの筆子たちや将太も、貞次郎さんも、道場の皆も、あなたのことが好きなんです。だから、心配してしまうのも当然でしょう?」

勇実は体を屈めたまま、菊香に背を向けた。後ろざまに両手を差し伸べながら、肩越しに振り向く。

「負ぶって帰ります。背中に乗ってください」

「でも」

勇実は、はっと思い至った。肝が冷える。

「ひょっとして、私が菊香さんの体に触れるのはお嫌ですか? 昨日の、その、湯殿での件がありますから。今しがたも無遠慮なことをしてしまって、申し訳ありません」

肩に触れ、顔を近づけた。幼い筆子が相手ならともかく、嫁入り前の女に対して許される振る舞いではない。

菊香は、まるで人形のように何の感情も顔に浮かべず、かすかに首をかしげた。

「のぞき眼鏡など、それで何になるというのでしょう？　千紘さんに恐ろしい思いをさせた者がいることは、わたしにとっても腹立たしい。決して許せません。ですが、自分の身のことは、あの程度でしたら何とも感じられないのです」

「しかし、少なくとも私は、うっかりのぞいてしまって、後ろめたくて申し訳ない気持ちになりました。背中でしたし、罪を犯した後のように。ひどいことを言って、相手を傷つけた後のように。それもさほどはっきりと見たわけでは、決してありません。それでも、今もこうして、何度も謝らねばならないという気持ちのままですよ」

菊香はそっけなく言った。

「謝罪はいりません。忘れてくださって結構です」

勇実は嘆息した。どんな顔をすべきかわからなくなってきて、またそっと笑う。

「拒まないでくださいよ。怒ってひっぱたくらいで、ちょうどいいのに」

「故意ではなく、たまたまのぞいてしまっただけの勇実さまを相手に、何を怒れとおっしゃるのですか？　わたしは、恥ずかしいという気持ちなど、とうの昔にすり減ってしまっているのです。わたしに以前、許婚がいたことは、勇実さまもご存じでしょう？」

そこまで言って、菊香はうつむき、黙ってしまった。

勇実は胸が痛くなった。

自分では気づけないのだろうか。あまりに深く傷ついてきたせいで、何も感じないことを選んでしまっているのだと。

菊香が自分をないがしろにするかのように無茶を重ねるのは、ちゃんと怒ったり泣いたりできないことの反動だろうか。

心に負った傷が目に見えない代わりに、目に見える傷を体に負いたいと望んでしまっているのだろうか。

勇実は前を向いた。何でもないかのような口ぶりで言う。

「すっかり暗くなってしまう前に帰りましょう。私は夜目《よめ》が利かないんです。今の刻限でぎりぎりなんですよ。足下が確かなうちに戻らねば」

「……わたし、軽くはないと思いますが」

「かまいませんよ。筆子たちに寄ってたかって乗っかられることがあるので、鍛えられていますから」

菊香は根負けしたように、勇実の背中に身を預けた。

その途端、勇実は自分でも思いがけないほど、心の臓が高鳴るのを感じた。菊香のしなやかな体つきは、筆子たちとはまるで違う。勇実は、ついうっとりしそうになる己を叱った。

折れた杖を拾って、帰り道を歩き出す。

菊香の息遣いがすぐそばに感じられる。否応《いやおう》なしに、勇実はどぎまぎしてしまう。顔が見えないのがちょうどいい。

と、道場のほうから、勇実の名を呼びながら、男が二人、駆けてくる。

勇実は目を細めた。

「鉄一さんと、次郎吉さんか」

足腰の強い鉄一に遅れることなく、次郎吉も見事な快足でこちらへ飛んできた。ほとんど足音の立たない、鳶《とび》のような身のこなしだ。

「おやおや、お二人さん。何があったってんだい?」

次郎吉の問いに、勇実は答えた。

「菊香さんが足を挫いてしまったそうです。ならず者に襲われたのを、追い払ったそうですが」

「ならず者？　まさか、また昼間の男かい？」

いいえ、と菊香はきっぱりと答えた。もう動揺の気配はない。そのことが勇実を安心させ、ほんの少し胸を痛ませた。

「昼間の人ではありません。仲間でもない気がしました。一度わたしたちが襲撃されたことを知らなかった様子だったので。それから、これを見てください」

菊香は手の中に握り込んでいたものを、勇実たちに見せた。根付である。

「松に、この鳥の模様は雁ですね。しかし、少し変だ」

勇実の言葉に、銑一は首をかしげた。

「変っちゅうのは、どのあたりが？」

次郎吉が答えた。

「あんた、花札をやらないんですかい。絵札には組み合わせがある。梅に鶯《うぐいす》、桜に幕、藤にほととぎす、柳に燕《つばめ》、とね。松なら鶴でしょう。雁は芒の絵札だ。つまり、組み合わせが変なんだよ」

　鉄一は、やっと納得した顔でうなずいた。

「てれこになっとるいうことですか。なるほど」

　今度は勇実が問う番だった。

「てれこ、とは？」

　鉄一は目を丸くした。

「こっちでは使わん言葉でしたっけ？」

「おそらく」

「はあ、気にも留めてへんかったわ。そうか、使いまへんか。いくつかあるんですわ。さらぴんやら、どんつきやら、自分でもよう気づかんと、ついつい使いがちな上方の言葉っちゅうもんが」

「てれこ、というのもそうなんですね？」

「そうみたいやなあ。てれこいうのは、入れ違いになっとるとか、あべこべでおかしいとか、入れ替わって逆さまになっとるとか、そういうのを表す言い回しです」

　勇実は納得してうなずきながら、どこかでその言葉を聞いたのを思い出した。どこで、何の話を聞いたときに触れた言葉だったか。

菊香は言った。

「松に雁の根付は、曽我兄弟のお墓のところで、ならず者が落としていったものです。実は、こんなふうに図柄の組み合わせがおかしな根付を身につけていた人が、もう一人います。そのことに気がついたので、胡蝶屋を訪ねてきました」

勇実は菊香に問うた。

「では、一人で町へ行ったのは、そのために？」

「はい。目的の人にはお会いできませんでしたが」

次郎吉が呆れ顔をした。

「何て無茶をするんだか。てれこの根付がならず者同士の符丁《ふちょう》になっているんなら、ただじゃあ済まないかもしれないんだぜ。女の身で、そんな危なっかしいことをしなさんな」

勇実は、菊香の白い手を見つめて問うた。

「その相手というのは？」

背中のほうから、菊香のきっぱりとした答えが返ってきた。

「卯兵衛さまです。根付や煙管を商っているという、卯兵衛さま。あのかたは、鹿に牡丹の図柄の根付をお持ちでした」

第四話　その夜の決戦と鼠小僧《ねずみこぞう》

一

昼下がり、にわかに道場が騒がしくなった。

母屋の縁側で繕《つくろ》い物《もの》をしていた千紘は、顔を上げた。

「何かあったのかしら？」

菊香は手を止め、背をもたせかけていた柱から身を起こした。

「どなたか見えたようでしたけれど」

昨日の夕方、菊香は右のくるぶしを挫いて、勇実に背負われて帰ってきた。

千紘は菊香がどんな無茶をしでかしたかを聞いて、怒ってしまった。感情が高ぶって、涙が止まらなくなったのだ。

「そんな危ないことをしていいはずないでしょう？　心配ばっかりさせないで。

菊香さんの馬鹿！　わからず屋！」

思わずそんなことまで口走ってしまった。

対する菊香はじっと黙って、拗ねたような顔をしていた。

お互い謝らないまま、千紘は濡らした手ぬぐいで、土まみれになった菊香の脚をきれいに拭った。汚れを落とし終わったときに、ようやく菊香が口を開いて、ありがとうございますとつぶやいた。

菊香の怪我を診《み》たのは将太だった。医者になるつもりはないと言いつつも、ちょっとした外傷の手当てをするのは、道場でも手習所でもしょっちゅうのことだ。それなりに手慣れている。

「し、失礼します。さわりますよ」

何度も断りを入れながら、将太は菊香の白い足に触れた。骨が折れていないことを確かめ、腫れが引くまでは冷たい水で冷やしてくださいと指図した。

今朝になると、ひねったところの腫れはすっかり落ち着いていた。筋をひどく痛めたわけでもないらしい。

すぐに治るだろうと診立てつつ、将太は真剣な顔で菊香に告げた。

「立ち仕事は駄目です。正座をするのもいけません。とにかく、力をかけないようにしてください。さもないと、江戸まで歩いて帰り着けませんから」

そう脅されてしまっては、さすがの菊香も意地を張れなくなった。

くるぶしを晒《さらし》で巻いて固定するのは、千紘が請け負った。将太に懇願《こんがん》されたのだ。

「俺は手指の力加減をするのが下手《へた》だし、菊香さんの足は骨が細くて、壊してしまいそうで怖いんだ」

「力加減なら、子供たちの手当てやお世話で慣れてきたでしょうに」

「いや、あのやんちゃ坊主たちと菊香さんではまったく違うだろう！　とにかく、俺は力が強すぎる。これ以上、俺が菊香さんに触れてはならない！」

まるで心優しい鬼が己の怪力を持て余して人に触れるのを恐れるかのように、将太は嘆くのである。千紘はつい笑ってしまった。菊香もほんの少し、笑みを浮かべた。

「わたしのことなら大丈夫なのに。治療の稽古に使ってもらってもいいのですよ」

「め、滅相《めっそう》もない！　何にしても、もう駄目です。そもそも俺はちゃんとした医者ではないんで、やたらと人の体にさわってはならんのです。特に菊香さんのお体は大切にされるべきですから！」

千紘や菊香に笑われても、将太はあくまで大まじめだった。千紘に晒の巻き方を伝授しながら、菊香に対しては医者のような助言をした。

「怪我を早く治すには、気血水の巡りをよくすることも大切です。だから、体を温めて巡りをよくする温泉は、怪我の療治《りょうじ》にいいんですよ」

「ですが、歩くのはまだまずいのでしょう？　胡蝶屋さんはここから少し離れていますし」

「そこはお任せください。今しがたも言ったとおり、俺は力があり余っていますから、菊香さんを大八車に乗せるなり何なりして、胡蝶屋までお運びしますよ。晒を巻くような細かい仕事は恐ろしくてできませんが、その代わりに、できることは何でもやります！」

「そんな、申し訳ないです。そこまでお手を煩《わずら》わせるわけにはいきません」

「いえ、菊香さんの怪我を治すのがいちばん大事なことです。菊香さんを運ぶくらい、俺にとってはわけもありません。米俵を背負って、江戸から箱根まで運んできた男ですよ」

「そんな、でも、あの……」

「大丈夫です。俺のことは人足か、あるいはいっそ駕籠だとでも思って、安心してお任せください！」

姉に近寄る男には片っ端から睨みを利かせる貞次郎も、俺は駕籠だと言って菊香に迫る将太には大笑いだった。


千紘は縁側で伸び上がって、にぎやかな道場の様子をうかがおうとした。

そっと笑った菊香が言った。

「千紘さんはあちらで話を聞いてきてください。わたしのことはおかまいなく」

「一人にしてしまうけれど」

「無理はしません。箱根からの帰りも、千紘さんと一緒に歩きたいのですもの」

「そう？　じゃあ、行ってきます。でも、すぐに戻ってきますから」

千紘は草履《ぞうり》をつっかけて、道場に向かった。

道場の戸口で欣十郎に詰め寄っているのは、おたよだった。

「ねえ、欣十郎先生、盗人がうちの宿に押し入るっていうんですよ！　守ってくださいよ。あたし、不安でならないんですったら！」

よほど慌てて駆けてきたのか、おたよの着物の裾が乱れている。白い脚をちらちらのぞかせながら欣十郎にすがりつく姿に、千紘は辟易《へきえき》した。

勇実が千紘に気づいて、手招きした。千紘は駆け寄って、勇実に尋ねた。

「何が起こったんですか？」

「さっき、やぐら屋にあの投げ文《ぶみ》があったそうだ」

勇実が指差す先は、門下生たちが押し合いへし合いしている。一枚の紙を皆で回し読みしているのだ。

「投げ文には何と書いてあるんです？」

「今宵《こよい》、やぐら屋にお宝をいただきに行く、と。やぐら屋はお宝の件をはじめ、数々のいかさまをやらかしている、こらしめなければならない、とのことだ」

「お宝ですって？　まさか、お宝の本当のありかは、やぐら屋さんなんですか？」

「どうなんだろうな」

「いかさまって？　のぞき眼鏡のこと？」

「逐一《ちくいち》細かいところまでは書かれていない。差出人の名はないが、欣十郎先生は、鼠小僧のしわざだと言った」

「鼠小僧？　前にも名前を聞いた気がしますけれど」

「ここに着いた日のことだろう。おまえが欣十郎先生たちの話を、半分寝ながら聞いていたときの」

「ああ、そうだわ。今の箱根には盗人だらけだという話だった。鼠小僧って、何者なんです？」

「身の軽い盗人で、欣十郎先生の天敵だそうだ。何度も出し抜かれているらしい」

「そんなに困った悪党なんですか？」

千紘の問いに、勇実は声をひそめて答えた。

「盗みをはたらくといっても、今のところ、さほどの値打ち物はやられていないそうだ。ただ、欣十郎先生がとっちめようと考えておられた小悪党のところに先回りしては、その小悪党の罪の証を目ざとく引っ張り出してみせたりする」

「変わった盗人なのね。欣十郎先生をからかっているみたい」

「そういうところが腹立たしいらしくてな、欣十郎先生も鼠小僧を捕らえたいようなんだが」

「鼠小僧を捕らえるためには、欣十郎先生はやぐら屋さんの味方をしなければならないということ？　それもちょっと、何だか気分が悪いわ」

千紘は頬を膨らませ、欣十郎とおたよのほうを見やった。

またしてもと言おうか、おたよは欣十郎の懐に布包みを差し入れている。欣十郎もそれを拒まず、黙って受け取った。

騒然とした道場に、またもう一つ、火種が飛び込んできた。

燕助が額に汗して駆けてきたのだ。一枚の紙を手にしている。

「欣十郎先生、これをご覧くださいよ。今宵、やぐら屋さんに盗みに入るって書かれた紙が、いつの間にか、うちの暖簾《のれん》に貼られていたんです」

おたよが持ってきた投げ文と同じ内容である。

慌てたおたよが燕助に駆け寄った。燕助の手にある紙を、ひったくるようにして奪う。

「ああ、何てこった！　ち、違うんですよっ。お宝ってのが一体何のことなのか、あたし、ちっともわからないんですから！　それに何なのよ、いかさまって！」

おたよは紙を真っ二つに引き裂いた。肩で息をしている。ほつれた髪が、荒い呼吸に合わせて揺れた。

面食らっていた燕助だが、柔和《にゅうわ》な声音をつくって、おたよをなだめた。

「そうかっかしないでくださいな。このくらいで焦ってちゃいけませんよ。これと同じことが書かれた紙は、ほかのところにも貼られてましたから」

「ほかのところですって？」

おたよの金切り声に、燕助は微笑んだ。

「箱根権現の参道の木だとか、料理茶屋の看板だとかね。役所にも投げ文があったようだけど、いつものとおり、役人連中は目明かし任せでしょ。おたよさんがしっかりしなきゃ」

「そ、そんなこと、あんたに言われたくないのよ！　あんたが変な噂をばらまいてるって、あたしゃ知ってるんだから！」

「変な噂？　あたしが何かしました？」

「お宝がこの道場のどっかにあって、欣十郎先生が物好きどもから金を巻き上げて、こっそり見せてんだって、あんたがそういう噂を流してるってこと、ちゃあんとわかってんだからね！　欣十郎先生、こいつは陰であんたの悪い噂をばらまいてんのよ！」

欣十郎は平然として、左の頬だけで笑った。唇がめくれ上がって、牙を剝くような表情になる。

「そんなこたぁ百も承知だ。俺が燕助に、お宝はこの道場にあるという噂を流せ、と命じたんだからな」

おたよは目を剝いて絶句した。

燕助がたおやかな女の仕草で膝を屈め、袖で口元を隠して笑った。

「まぎらわしい噂を流しちまって、ごめんなさいね。欣十郎先生ったらお優しいから、元箱根の宿や料理茶屋におかしな疑いがかかって押し込み強盗なんかが出ないよう、噂を道場で引き受けてくだすったんですよ。腕利きの用心棒たちが詰めているこの道場には、強盗だって足を踏み入れたくないでしょうってことでね」

欣十郎はねぎらうように、燕助の背中をぽんぽんと叩いた。

「ま、噂のすべてを引き受けることはできなかったようだがな。鼠小僧の調べによれば、お宝はやぐら屋にあるそうじゃねえか。腹立たしいことに、あの野郎は探索がうまいんだ。いつも俺の先回りをしやがる」

「もしかすると、噂を盛大に広めたのも、鼠小僧のしわざだったのかもしれませんよ。そう思いません？」

「やつが小さな火種を嗅ぎつけて、派手に煙を立ててみせたってわけか。どうだろうなあ、おたよ？」

おたよはわなわな震えている。紅を引いた唇をひん曲げているのは、笑顔のつもりなのだろうか。

「な、何を言ってんのさ？　そんな、お宝なんて……」

「おたよ、俺に隠してることがあるんなら、さっさと吐くんだな。でなけりゃ、守ってやらねえぞ」

「ま、守るのはあんたの仕事でしょ！　金は払ってんだから、今すぐ手勢《てぜい》を連れて、うちの宿を守ってよ！」

「今すぐというわけにはいかん。支度がある。が、形だけでいいんなら、先に何人かつけておくか。銑一」

欣十郎に呼ばれた銑一は、影のように音もなく現れた。

「はい。話は聞いとりましたよ」

「二、三人連れていけ。やぐら屋の連中を守りやすいよう、一部屋に集めて外に出すな」

「心得ました。ほんなら、おたよさん、行きまひょか」

銑一はおたよを促し、朋輩《ほうばい》を二人誘って、出ていった。

燕助が、顔つきを改めて欣十郎に告げた。

道場に通う少年二人がつくこととなった。

出掛けに、欣十郎は千紘と菊香に、重たい行李を一つと帳面を一冊託した。

「こいつを預かっていてくれ。決して誰にも渡さんように守るんだ。いいな？」

欣十郎は行李の蓋《ふた》を開けた。

びっちりと、布や紙に包まれたものが並べて収められている。昼過ぎにおたよが欣十郎の懐に入れていたのと同種のものだ。

「お金、ですか？」

「賂《まいない》だ。俺の歓心を買うために贈られた金だが、付け届けと呼ぶにも気味が悪いほどの大金だろう？」

「では、これは全部、やぐら屋さんから？」

「ああ。色仕掛けが利かねえんなら金しかない、ということなんだろう。あの女、初めから俺を籠絡《ろうらく》する気まんまんだったからな。だが俺は、これこのとおり、受け取った金にも一切、手をつけてねえ。油断させるために、受け取るふりをしていただけだ。こっちの帳簿は、いつ、いくらもらったかをつけといたもんだ」

帳簿の中身を見せられた千紘は、几帳面《きちょうめん》に並んだ字に驚いた。金を受け取った日付とその金額だけでなく、食事を供された記録も書き込まれている。

「お金に細かいという噂は本当だったんですね」

つい、千紘は口にしてしまった。

欣十郎は、ふんと鼻を鳴らして笑った。

「金に汚《きたね》えだの柄が悪いだの、よくない噂を流しておけば、流れ者の悪党どもは喜んで俺を抱き込みに来るのさ。ところがどっこい、俺はなかなか真っ当な男でな。胡散《うさん》くさい連中の立ち居振る舞いを、逐一書きつけている」

欣十郎は文机《ふづくえ》の上の文箱《ふばこ》を開け、中を少し探って、見取り図を一枚取り出した。やぐら屋の図である。

菊香が慎重な口調で問うた。

「もしかして、欣十郎先生はただの用心棒ではなく、お上から手札をもらった目明かしなのですか？」

「ま、そういうことだ。びっくりしたか？」

「ええ。そんなお話は一言もうかがっていませんでしたので。敵を欺くにはまず味方から、ということでしょうか？」

欣十郎は少し気まずそうに、いくらか早口になって言った。

「おまえさんたちに信を置いてねえわけじゃあないぞ。話しそびれちまったんだ。何事もなけりゃあ、俺が目明かしだろうと用心棒だろうと、おまえさんたちにゃ関わりのないことだからな。とはいえ、それが余計な疑いを招いていたようだが」

菊香はかすかに微笑んだ。

「よかれと思って、そうなさっていたのですよね。後になって振り返って、周囲の人々に叱られるのです。なぜ初めから皆に明かしておいてくれなかったのか、と」

「まったくだ。とにかく、俺は箱根の目明かしでな、先月江戸に行ったのも、ちょいと調べなけりゃならんことがあったからだ。その折に、与一郎に捕物の応援を頼んだ。思った以上の大捕物になりそうだがな。矢島道場の男たちを借りるぞ」

「お怪我などなさいませぬように。皆さまも、欣十郎先生も」

「無事を祈っといてくれ。じゃ、行ってくるぜ」

男たちは三々五々、支度のできた者から出ていった。佐伯道場は、やがてすっかり静かになった。

暗くなったら起こしてほしいと言って、佐伯道場の少年たちは木刀を抱えて仮眠をとっている。貞次郎もそれにならった。今は寅吉が一人で部屋の外を見張っている。

いくぶん早めの刻限に、行灯《あんどん》に火を入れた。

菊香がぽつりとこぼした。

「わたし、役立たずですね。こんなときに怪我をしてしまって」

千紘はかぶりを振った。

「菊香さんがいてくれたから、わたしは怪我ひとつしなかったんですよ。役立たずなんてことはこれっぱかりもありません」

「でも、わたしがいなければ、千紘さんは曽我兄弟のお墓に足を向けることはなかったでしょう？　あったとしても、勇実さまや龍治さまと一緒に行ったはず。わたしたちだけであの場所に行くよりも、安全だったと思います」

千紘は菊香の両手を取った。

「わたしは、菊香さんと一緒にお出掛けするのが楽しいんです。悪いのは、楽しみに水を差しに来た人だわ。菊香さんが気に病むことなんてありません」

「……そうでしょうか？」

「ただし、あの後、一人で根付について確かめに行ったことは、わたし、まだ怒ってますからね。菊香さんがいないと気づいたとき、どれだけ心配したと思います？」

千紘はじっと菊香の目をのぞき込んだ。いくらか色の薄い目だ。行灯の光を弾いて、透き通るようにきらきらしている。

菊香は目を伏せた。まつげの陰に、透き通る色は隠れてしまった。

「ごめんなさい。本当のことを言うと、わたしは、人に心配される理由がよくわからないのです。わたしは自分のことを心配していないから」

千紘は泣きたい気持ちになった。

「そういうところです。自分で自分を大事にしないところ。傍《はた》で見ていて、本当に心配になるんですよ。菊香さんがわたしを守ってくれるみたいに、菊香さん自身のことも大事にして。そうじゃないと悲しい。だって、わたしは菊香さんのことが好きなんですから」

菊香は、はっと顔を上げた。驚きに染まったまなざしは、戸惑うようにうろうろとさまよって、千紘と結んだ手の上に落とされた。

「……好き、ですか」

消え入りそうな声で、菊香はつぶやいた。

二

やぐら屋で最も広い座敷は、十畳の部屋を二間《ふたま》続きにしたものだった。

勇実はその部屋の出入り口となる襖を、つっかえ棒で内側からふさいだ。もう一つの襖は、銑一がふさいでいる。勇実と銑一の役割は、ここから誰も外に出さないことだ。

おたよを筆頭に、やぐら屋で働く者は全員、座敷に集められていた。一人だけいた泊まり客も、もろともである。

日暮れまでは、二つの道場の門下生が交代で座敷の見張りに立っていた。

やがて暮六つ半（午後七時頃）を回ると、欣十郎がじきじきに座敷に姿を現した。

「さて、改めて申し渡す。てめえら、座敷から出るんじゃねえぞ。一歩たりともだ。もうこれから先は厠にも行かせねえ。ことがすべて片づくまで、ここで見張らせてもらう」

やぐら屋の者は、おたよを含めて十人。手代や台所人ら六人が男、お運びの女中が三人である。
おたよや男たちと、女中たちとでは、顔つきが違う。おたよたちは苛立ってい
るのを隠さない。一方、女中たちはわけがわからないといった顔で、身を寄せ合
って震えている。
客は四十絡みの大柄な男だ。旅先で唐突におかしなことに巻き込まれたわり
に、苦虫を嚙み潰したような顔をしつつも、落ち着いているように見える。
欣十郎は木刀を肩に担ぎ、脇差一本を腰に差して、部屋の真ん中で仁王立ちし
ている。
しばらくの間、口を利く者はいなかった。苛立ちをあらわにしている者たち
も、欣十郎が恐ろしいのだろう。さもありなん、である。頰に傷のある強面《こわもて》の男
が、じっと押し黙って、眼光鋭く皆を睥睨《へいげい》しているのだ。
欣十郎はまるで、捕らえた罪人を見張っているかのようだ。あるいは、押し込
み強盗が人質に睨みを利かせているかのよう。
勇実はそう考え、おかしみを感じて笑いそうになった。横を見やれば、銑一も
にやにやしている。似たようなことを考えていたのかもしれない。
やがて、たまりかねたように、おたよが欣十郎に言った。

「ねえ、欣十郎先生。こんなんじゃあ気が滅入《めい》っちまいますよ。あの、お酒でもどうです？　そちらの兄さんがたも、立ちん坊で疲れたでしょ？」

欣十郎は鼻で笑った。

「酒だ？　まさか、いまだにごまかしとおせると思ってやがんのか？」

「ごまかすって、何の話です？」

「しらばっくれんじゃあねえ。たとえばだ。おまえ、俺に本当の名を教えてねえだろう？　生まれ育ちも氏素性《うじすじょう》も、嘘をついていやがるじゃねえか」

「何をおっしゃるんです？　あたしは、やぐら屋の前の主の姪で、小田原育ちのおたよですよ」

「確かに、やぐら屋の主には、おたよという名の姪がいるらしいな。品川《しながわ》に嫁いだそうだが。子が三人いたぜ。おまえとは似ても似つかん、お多福《たふく》顔の女だった」

おたよの顔が引きつった。

勇実は、座敷にいる者たちの様子を探っていた。

女中たちは、えっ、と声を上げて身をすくませた。男たちは、舌打ちせんばかりに顔を歪《ゆが》めたり、懐にそろりと手を入れたりした。

欣十郎から事前に聞かされていたとおりだった。

女中たちは箱根で生まれ育った者で、前の主の頃にも奉公に上がっていたことがある。やぐら屋の再開の知らせを聞いて、雇ってほしいと声を上げた者たちだ。

おたよと男たちは、去年の暮れ頃に箱根に流れてきた。いつの間にか、小田原生まれのおたよとその仲間という話になっていて、巧みにやぐら屋を手の内に収めたのだった。

しかし、欣十郎はすでに、おたよ一味の正体をつかんでいた。

「江戸の某藩下屋敷でひそかに開かれる賭場で荒稼ぎしていた、おかるという女いかさま師がいたらしい。だが、おかるは縄張り争いに敗れて、自分の一味と共に江戸から姿をくらました。そんな知らせが俺のところに届いたのは、半年近く前になるか。おまえがここに現れたのは、それから少し経った頃だった」

初めはまさかと思ったぜ、と欣十郎は笑って言った。目明かしを務める男の道場のすぐ近所に、怪しげな連中が住み着いたのだ。

欣十郎は連中を泳がせていた。そういうときに役立つのが、佐伯欣十郎は金に細かくて汚いという噂と、あの道場にはわけありの者ばかり集まっているらしいという噂だ。

「ならず者と大差ねえような目明かしなんぞ、たやすく抱き込めると思ったんだろ？　付け届けと色仕掛けでたらし込めば、好き放題できるってな。しかし、残念だったなあ。俺は、おまえら風情《ふぜい》に飼い馴らされるほど、お安くできてねえんだよ」

銑一は、欣十郎から預かっていた書付《かきつけ》を読み上げた。

「箱根湯本の駕籠かきと共謀して、お客さんをかっさらっては、やぐら屋に連れ込んでいる。これは元箱根でも箱根宿でも、宿の主らが皆で署名して禁じてはることですわ。これに反しとるだけでも、あんたら、商いを続けてはいられまへんで」

勇実は口を挟んだ。

「私自身、箱根湯本での休憩中に、強引な駕籠に引き込まれそうになりました。同行している仲間がそれを見ていましたよ」

「そうやったん？　与一郎先生のとこのお弟子さん一行は、何かと災難続きですなあ」

「もう一つ言うと、下男の末吉《すえきち》と名乗ったあなた、もしかして、あのときの駕籠かきの一人じゃありませんか？」

勇実は指差した。勇実と同じ年頃とおぼしき、身の丈六尺もありそうな大男である。額と顎が出っ張った、いかつい顔立ちをしている。体つきも力の強さも将太と変わらないなと驚いたので、よく覚えている。

まさか、そんな、などと末吉が言い訳を口走るのを、欣十郎が一喝《いっかつ》した。

「やかましい！　駕籠かきなら、肩に棒でこすれた痕《あと》があるはずだ。素人《しろうと》が駕籠を担いだんなら、肩の皮が剝けちまっているはずだ。いずれにせよ、脱がせりゃわかる」

末吉は言葉に詰まった。もろ肌脱ぎになって疑いを晴らすでもない。凄《すさ》まじい目で勇実を睨むばかりだ。

勇実は銑一を促した。

「銑一さん、どうぞ続けてください」

「やぐら屋さんはもともと、女郎を呼んでええお宿と違いました。が、そのあたり、近頃では、お客さんが金さえ積めば何でもさせてはったみたいですな。湯殿が見えるのぞき眼鏡もその一つ。すれっからしの女郎やない、素人女の風呂をのぞくんが楽しいやら言う男もいますさかい、ええ小遣い稼ぎになったんと違います？」

女中の一人が悲鳴のような声で、おたよに問いかけた。

「おかみさん、どういうことなんです？　あたしたち、のぞかれてたんですか？　お客さんがいないときは、仕事上がりにお湯を使わせていただいてましたけど、近頃は妙に助平な客が多いのも、もしかして……」

おたよが舌打ちをした。ひと睨みするだけで、女中は息を呑んで黙り込む。

鉄一は淡々と続けた。

「金さえ積めば見せてもらえるいうんは、もう一つありました。箱根権現に収められているはずの、万巻上人の木像と宝刀薄緑丸ですわ。もちろん偽物ですけど、本物や言うてお客さんを騙して、このやぐら屋の奥の隠し部屋で見せてはったんでしょう？」

隠し部屋のありかを確かめたのは、勇実である。のぞき眼鏡の一件があった後、酒食を供されたときのことだ。

勇実は酒に酔ったせいで迷ったふりをして、欣十郎に示された見取り図のとおりに奥へ進んだ。そして、薄暗い廊下がおかしなところで途切れているのを見つけた。

板張りの壁の向こうへ行く方法までは探れなかったが、それで十分だと欣十郎は言った。

鉄一は書付をひらひらしてみせた。

「そういうわけで、やぐら屋さんは、真っ当なお客さんが少ないわりには、えらい仰山《ぎょうさん》稼いではったみたいですな。そうでもせんと勘定が合わんほど、欣十郎先生への付け届けも仰山でした」

おたよが欣十郎に人差し指を突きつけた。

「そうだよ、あんただって、あたしらの付け届けを受け取って私腹《しふく》を肥やしてるじゃないか！　同じ穴の狢《むじな》だよ！」

欣十郎は鼻を鳴らした。

「おまえからの付け届けには手をつけてねえ。そっくりそのまま預かってらあ。酒食のお代がほしいってんなら払ってやる。それくらいの稼ぎは、おまえらの汚え金を頂戴《ちょうだい》しなくとも、十分あるんだ、こちとらぁ」

おたよはとうとう、吠えるように吐き捨てた。

「ちくしょう！　やっちまいな！」

それが合図だった。

懐に呑んでいた匕首《あいくち》を、男たちは一斉に取り出した。

欣十郎はすかさず動いた。女中たちを背に庇《かば》い、右手に木刀、左手に脇差を構える。

「長話は、後でまたゆっくりするとしようか。勇実どの、銑一、気を引き締めろ!」

勇実も銑一も、おう、と答えて木刀を構えた。

とっさに欣十郎に牙を剝いた者と、出入口を突破しようとする者が、各々の標的にとびかかる。

勇実は、巨漢の末吉と対峙した。

力任せに繰り出される匕首を、余裕を持って躱《かわ》す。回り込んで太ももを一打。

末吉は苦痛の叫びを上げる。だが倒れない。

勇実は末吉の小手を打った。匕首が吹っ飛ぶ。

末吉は拳を振り回した。勇実は下がる。

「甘いな」

勇実は勢いよく踏み込み、体ごとぶつかっていく勢いで、末吉の肩に木刀を叩き込んだ。末吉は後ずさり、ふらつく。

横合いから、別の者が襲ってきた。匕首を腰だめに構えた手代である。

勇実は素早く向き直りつつ、刺突《しとつ》を繰り出す。木刀の切っ先が、容赦《ようしゃ》なく手代の肩を突いた。

硬い手応えがあった。骨を打ち折ったのかもしれない。

その一撃で、手代はひっくり返って泡を吹いた。

勇実は再び末吉に向き直った。末吉は大きな体を活かし、覆いかぶさるように襲いかかってくる。

「えいッ！」

木刀で末吉の顎を打ち上げる。脳を揺さぶられれば、いかな巨漢も立ってはいられない。

どう、と末吉は倒れ伏した。

銑一はすかさず末吉に縄を掛けた。

「いやぁ、さすがですわ。勇実さんはやっぱり腕が立ちますなあ」

飄々《ひょうひょう》と言ってのける銑一も、すでに一人を昏倒《こんとう》させて捕縛《ほばく》していた。ほかの者は、欣十郎の周囲に倒れ伏し、伸びたり呻いたりしている。

欣十郎がおたよを畳の上に押さえ込んだ。すぐさま銑一が縛り上げ、猿ぐつわを嚙ませる。

「これで全部だな」

おたよ、こと、女いかさま師おかるの一味は、七人すべて縄を掛けられた。いかがわしい宿と知っていて泊まりに来ていた客は、色を失って打ち震えていた。

女中たちは、女将と信じていた女の素性をこんな形で知らされて、欣十郎にすがりついて泣き出した。欣十郎は、おたよに向けていたのとはまるで違う優しい声音と笑顔で、女中たちをなぐさめていた。

三

てれこ、という言葉の意味がわかったところから芋《いも》づる式に、箱根に入り込んでいる盗人の素性を、欣十郎は探り当てたらしい。

欣十郎が関所の役人をせっついて、古い手配書に当たらせた。そうすると、十五年ほど前に上方から関八州に逃れてきた盗人に行き着いたのだ。

根付の卯吉、と呼ばれる盗人だった。

二十人からのならず者どもを率《ひき》いて押し入り、盗みはもちろん、殺しも人さらいもやってのける。日頃からその連中がまとまって動いているわけではない。取り決められた日時に、どこからともなくわらわらと集まってくる。

その符丁となるのが、根付だった。花札の図柄をちぐはぐに組み合わせた意《い》匠《しょう》のものである。十五年ほど前に、卯吉の片腕だった男が捕らえられて、根付のことを吐いたという。

上方で探索の網が広がったところで、根付の卯吉らは三々五々、箱根の関を越えて東へやって来た。

その後は身を潜めたり、また集まって盗みを働いたりしながら、うまいこと捕り方の目を欺《あざむ》き続けてきたようだ。つかみどころのないその動きの数少ない糸口が、上方の言葉による「てれこ」という特徴だった。

「その盗人連中の首魁《しゅかい》が、燕助のところの胡蝶屋に宿を取っていた卯兵衛というわけだ」

まだ日の高いうちに、龍治たちは欣十郎から一連のことを聞かされた。矢島道場と佐伯道場の門下生たちは、張り詰めた気配の中にあった。

欣十郎は続けた。

「連中は今宵、やぐら屋に押し入る見込みが高い。燕助の調べによると、すでに各々の宿から姿を消したらしい。もとより手荒な盗人どもだ。鼠小僧にお宝を奪われる前に、と焦ってもいるだろう。気を引き締めて迎え撃て」

与一郎がその先を引き受けた。

「やぐら屋の外に布陣を敷く。欣十郎は中だ。やぐら屋の連中との決着もつけねばならんからな。儂と龍治が外の指揮を執る。よいな？」

佐伯道場の面々も真剣な面持《おもも》ちでうなずいた。この二日間の稽古を通じて、身をもって与一郎の強さを知ったところだ。否やはない。

やぐら屋の外での持ち場や手筈《てはず》を確かめ、より細かな策を出し合っていたところで、またも急な知らせが飛び込んできた。箱根宿の役所へ使いに出していた、欣十郎の門下生である。

「精進池で男の死体が上がったそうです！　見つけたのは山伏《やまぶし》です。死体の左の胸には刺し傷があって、死んでからまださほど経っていない様子とのこと。やられたのは、おそらく昨日でしょう。死体は顔を潰されていますが、左耳の上半分がないのが特徴だそうです」

左耳のくだりで、龍治は思わず唸った。

「例の人さらいか。根付の盗人連中め、下手を打った仲間に罰を与えたってところか」

殺されたのは、千紘と菊香を連れ去ろうとした者だ。顔を見られ、あまつさえ符丁の根付まで落としたとあっては、到底、生かしておけなかったのだろう。やったのは、卯兵衛自身だろうか。昨日の夕刻に菊香が訪ねていったときには不在だったという。

その一報を受けて皆の気配がよりいっそう張り詰めるのを、龍治は感じた。怯えているのではない。武者震《むしゃぶる》いだ。相手を舐めてかかるより、ずっといい。

日が落ちて、次第に暗くなってきた。

龍治は、身を潜めた庭先で、ゆっくりと肩を回した。下弦《かげん》の月は、もっと夜が更《ふ》けないと空に上がらない。だが、満天の星が輝いているし、石灯籠にも明かりを入れている。これだけの光があれば、夜目の利く龍治には十分だ。

空を仰いだ目を庭の暗がりのほうへ戻すと、隅に己の肩が映る。袖を押さえた襷《たすき》の色は、自分では決して選ばない華やかな朱色だ。

千紘に借りた襷である。

龍治が持ってきて稽古中に使っていた襷は、機を見計らったかのようにちょうど昨日、穴の開いていたところから裂けてしまった。だから、千紘に襷を借りることとなった。

お守りだな、と思う。何てことない紐でも、千紘に借りたものだから、ただ身につけているだけで心強い。

龍治は気息を整える。

夜の中を走る足音が近づいてきていた。人数は十を超えるだろう。板塀の向こう側で、足音がいったん止まる。

さあ、どう来る？

龍治は立ち上がった。与一郎は手勢の半数を引き連れて、母屋を挟んだ逆のほうで張っている。あちらにも盗人どもは攻め寄せているだろうか。

板塀が凄まじい音を立てた。木材を突き破った斧《おの》の刃がのぞいている。板塀を打ち壊そうとしているのだ。

根付の卯吉、もとい、てれこの卯兵衛とその一味は、こっそりと忍び込んで盗んでいく、という連中ではないらしい。

龍治は立ち上がり、石灯籠の明かりの届くところへ足を進めた。

「ずいぶんと派手だな。それじゃ、こっちも盛大に出迎えてやろうぜ！」

将太が狭苦しい物陰から飛び出して、油断なく木刀を構えた。ほかの面々も、気合十分で身構える。どちらの道場でも常の得物は木刀だが、今宵の捕物に限っては、真剣を帯びている者もいる。

板塀は、あっという間に破られた。ずんぐりとした体つきの男を先頭に、十人ばかり、なだれ込んでくる。

男たちは覆面をつけている。

龍治は半ば鎌をかけるつもりで、敵の名を呼ばわった。

「卯兵衛！　それとも、根付の卯吉のほうがいいか？　俺たちが待ちかまえているとわかっていて突っ込んでくるとは、大した度胸だな！」

返答はない。

大男が進み出ると、手にした斧をいきなり、龍治めがけて投じた。唸りを上げて回転しながら、斧が飛んでくる。

ぞっとしたが、避《よ》けるのはたやすい。

龍治は身を躱《かわ》した。そこを狙って、ずんぐりした男が段平《だんびら》を振りかざして斬り込んできた。

それが開戦の合図となった。

わあっと喊声《かんせい》を上げ、両陣営の男たちがぶつかり合う。

龍治は、目の前に繰り出された段平を避けた。すかさず木刀を打ち込む。身をひねって躱された。木刀は相手の肩をかすめただけだ。

相手は覆面の内側で失笑した。

「木刀ごときで防げるとでも思っているのか？」

若くはない声だ。にこやかな印象の卯兵衛とはあまりに違う口ぶりだが、念を押すように相手の名を呼んだ。

「卯兵衛なんだな？」

失笑が今度は荒々しい哮《たけ》りに変わる。

「くどい！」

段平が振り回される。龍治は飛びのいて避ける。

型も何もあったものではない喧嘩剣術だ。それで生き残ってきたような者を相手取るのは、腕の立つ剣客と渡り合うのとは別の厄介さがある。

と、相手の帯に根付が揺れるのが見えた。鹿に牡丹。卯兵衛の根付だ。

「こんなときにまで、律義なことだな」

龍治は独《ひと》り言《ご》ち、木刀を構え直す。

卯兵衛は咆哮《ほうこう》して襲いかかってきた。右に左に、大きく段平をぶん回す。大した膂力《りょりょく》だ。

龍治は小刻みな足捌きで跳びのきながら、間合いを詰める隙をうかがう。

将太が賊を一人沈めた。稽古で使うより太く長い木刀を肩に担ぎ、将太は仲間の援護に回る。二対一で攻め立てれば、荒くれ者の盗人もたまらない。将太たちはたちまち賊を打ち倒す。

卯兵衛の段平が、ぶんと唸る。

「よそ見なんぞしよるうちに、首がなくなるぞ！」

横薙《よこな》ぎの一撃。

龍治は身をたわめて低くし、前へ飛び出しながら卯兵衛の膝を打った。完全には入らなかった。卯兵衛は身をひねり、転がって避けた。すかさず平然と立ち上がる。

うわっ、と近くで悲鳴が上がった。佐伯道場の門下生が、横合いから飛び出してきた賊に組みつかれたのだ。与一郎の持ち場のほうから逃れてきた者だろう。

将太がいち早く助けに入る。

誰かの声が仲間たちに危機を知らせる。

「新手《あらて》だ！　まだ来るぞ！」

龍治は横目にそれらを確認しながら、一声告げる。

「逃がすな！」

おう、と声が返ってくる。

卯兵衛が段平を掲《かか》げて襲ってくる。

「死ねや！」

さっと身を躱す。

だが、攻めに転ずることが難しい。龍治の手にあるのは木刀だ。段平の刃を受け止めようとすれば、断たれるとまではいかずとも、破損は避けられない。

唐突に、屋根の上から声が降ってきた。

「こっちも手こずってるねえ。よう、兄さん。刀がほしいかい？」

聞いたことがあるような、ないような声だ。その軽妙な口ぶりを知っている気がする。

龍治はぱっと頭上を仰いだ。

突っ込んでくる卯兵衛めがけて、屋根から礫《つぶて》が飛ぶ。卯兵衛の勢いが止まる。

屋根の上で動いた人影に、龍治は直感で呼びかけた。

「次郎吉か！」

舌打ちが降ってくる。

「声色を変えてるってのにねえ。これだから勘のいいやつは……」

龍治は次郎吉の言葉を途中でぶった切った。

「刀を持ってるなら貸せ！」

「あいよ、受け取れ！」

古風な鞘に納められた太刀が龍治の頭上に飛んでくる。

龍治は木刀を卯兵衛めがけて投げつけた。卯兵衛はどうにか避けようとして体勢を崩す。その隙に、龍治の手に太刀が収まる。

ずしりとした重みが頼もしい。

龍治は太刀を抜いて鞘を捨てた。

「さあ、ここからだ！」

卯兵衛が吠える。

「小童《こわっぱ》が！」

繰り出される段平を、龍治は太刀で受ける。がつんと腕に衝撃が走った。が、打ち負けはしない。

卯兵衛の目に忌々《いまいま》しそうな色が浮かぶ。

間髪を入れず、龍治は攻めに転じた。

太刀が卯兵衛の小手を打つ。手甲《てっこう》を裂き、肉を斬る手応え。卯兵衛は、ぎゃっと叫ぶ。それでも段平から手を離さない。

血をしたたらせながら、卯兵衛は段平を振り回す。龍治は太刀の棟《むね》で受けて弾く。返す刀で卯兵衛の利き腕を狙う。

太刀のほっそりとした小鋒《こきっさき》が、卯兵衛の肘の筋を断った。鮮血が噴き出す。

卯兵衛の手から段平が落ちる。

龍治は太刀を棟に返した。

「えいッ！」

反りの深い太刀を、卯兵衛の肩に振り下ろす。棟でしたたかに打った。

鎖骨《さこつ》が折れる手応えがあった。

卯兵衛は呻き、そのまま倒れた。失神したらしい。

龍治は卯兵衛の覆面を剝ぎ取った。思っていたとおりの顔が現れた。

「俺もまだまだだな。初めから真剣を使ってりゃ、そう手こずることもなかったはずだ。木刀にこだわってちゃ命取りってことか」

龍治は、ふうと息をついた。周囲を見渡す。

二対一で囲んで確実に仕留める、という策により、盗人どもはすでに地に伏していた。最後まで粘っていたのが卯兵衛らしい。

「これで終わりか？」

佐伯道場の門下生が、慣れた手つきで卯兵衛を縛り上げる。

「逃がしちゃいないと思いますよ。穴はあのとおり、賊が全員突入したのを見計らって、ふさいでおきましたから」

指差す先を見れば、破られた板塀に大八車が立て掛けられている。

「親父のほうも確かめてくるか」

龍治は太刀の血振《ちぶ》りをした。こん、と叩いて揺すってやった途端、刀身が半ばから地に落ちた。

一瞬、何が起こったかわからなかった。

手の中に残る、軽くなった太刀を見て、ようやく理解する。

「折れた？　一戦《いっせん》しただけで？　卯兵衛の鎖骨を折ったときに、こっちも折れてたってか？　いや、ちょっと待ってくれよ、これ誰の刀だったんだ？　おい、次郎吉！」

　屋根の上を仰ぐ。すでに人影はない。

　龍治は途方に暮れ、折れた太刀のかけらを拾った。

　そのとき、母屋から欣十郎が駆け出てきた。眉を逆立て、鼻に皺を寄せ、唇をめくり上げた、凄まじい形相《ぎょうそう》である。

　何があった、と問うまでもない。欣十郎は吠えた。

「ちくしょう！　また鼠小僧にしてやられた！　どこから逃げやがった、あのこそ泥があっ！」

　勇実が気圧《けお》された様子で、そろそろと顔をのぞかせた。龍治と目が合うと、気の抜けたような笑い方をする。

　龍治は勇実のほうに駆け寄った。

「鼠小僧が出たんだな。でも、中も見張ってたんじゃないのか？」

「私たちは座敷にいたし、その奥の廊下にも見張りを置いていたんだけれどね。どういう手を使ったのか、警固の目をかいくぐって、奥の間に隠されていた小判を盗んでいったらしい」

「へえ。奥の間ってのは、お宝があるっていう隠し部屋だろ？」

「ああ。お宝といっても、偽物だよ。私の目から見てもお粗末な木像があった。それを箱根権現に奉納されている万巻上人の像だと偽って、見物人から金を巻き上げていたらしい。ほかに、薄緑丸だと偽るための太刀もあるはずなんだが」

皆まで言わないところで、勇実も、龍治が手にしているものに気づいたようだ。

龍治は、折れた太刀を掲げて苦笑した。

「偽薄緑丸は、こいつだろうな。遠慮なく使ったら、折れちまった。一合《いちごう》でひびが入ったみたいで、血振りをしたら、その弾みでこういうことになってさ」

勇実は眉をひそめた。

「でも、どうやってこの刀を？」

「屋根の上から降ってきたんだよ」

ますますわけがわからないという様子で、勇実は首をかしげた。

龍治は口の端を上げて、怒鳴り散らしながら成果の確認をする欣十郎を、肩越しに見やった。

「しかしまあ、欣十郎先生はずいぶん荒れてるな。探索を命じられていた、いかさま師おかる一味を全員捕らえて、ついでに根付の卯吉一味もやっつけたわけだろ。十分、お手柄だと思うけど」

「鼠小僧の手口が癇《かん》に障っているらしい。隠し部屋を暴いて小判を盗んだだけじゃなく、江戸でのいかさまをはじめとする、おかる一味の罪を書き連《つら》ねた紙を残していったんだ」

「盗人の罪はもちろん、目明かしの動きすら、すべてお見通しだと言わんばかりに?」

「ああ。鼠小僧は毎度こんな具合らしい。加えて、こたびはこんなことも書いてあった。賭場ではしてやられたが、きっちり仕返ししてやったぞ、と」

「なるほど。次郎吉も江戸の賭場で金をすったと言っていたもんな」

勇実が目を丸くした。

「次郎吉さん?」

「だって、そうだろ? さっき、この刀を持って屋根の上に現れたのは、次郎吉だったぜ。あいつが鼠小僧なんじゃないのか?」

龍治は、折れた偽薄緑丸を示してみせた。

与一郎が呆れ顔で姿を見せた。

「こっちの持ち場はきれいに片がついたところだが、どうしたのだ、欣十郎？

そんな凄まじい大声を上げるものでもあるまい」

欣十郎は一瞬、嚙みつかんばかりの形相で与一郎を睨んだが、長々と息をつくと、いくぶん落ち着いた声で言った。

「無事なようで何よりだ。助かったぞ」

「うむ。それで、首尾は？」

欣十郎は吐き捨てるように言った。

「いまいましい鼠を一匹、取り逃がした」


それっきり、みやげ物売りの次郎吉は、箱根から姿を消した。

四

百登枝は、瘦せているためにひときわ大きく見える目をきらきらと輝かせて、千紘に言った。

「まあ、箱根でそんな大変なことがあったのですね。まさか大捕物に巻き込まれるだなんて。こうして皆さんが無事に帰ってこられてよかったわ」

千紘は大いにうなずいた。

「本当ですよ。一時はどうなることかと思ったんですから。中でも、わたしがいちばん大変だと感じたのは、菊香さんのことです。わたし、怒ってしまったんですよ。菊香さんったら、無茶ばかりするんですもの。心配で心配で仕方ありませんでした」

「あら、珍しいこと。千紘さんが菊香さんと喧嘩をするだなんて」

「珍しいどころか、初めてですよ。喧嘩といっても、わたしばかりが怒って泣いて、菊香さんは拗ねたような顔で黙っていただけ。いつの間にか仲直りしてしまいました」

「菊香さんの怪我は、大事なかったのですか?」

「ええ。江戸までの帰り道を歩く頃には、おおよそ治っていました。まだ無理をさせられないので、折ふし、将太さんに背負子《しょいこ》で担がれたりもしていたんですけど」

「何はともあれ、快復が早くてよかったわ。脚が痛んで動けないと、気が滅入《めい》りますもの。菊香さんが拗ねた顔をしていたのも、体がうまく動かせなくて、気持ちがふさいでいたのかもしれませんね」

なるほど、と千紘は手を打った。

「菊香さんは日頃、病も怪我もほとんどしないから、なおさら、動けないことがつらかったんだと思います。やわらの術や剣術ができるだけじゃなくて、わたしよりもずっと足腰が強いし。それに人を頼ることが苦手だし」

「千紘さんは、帰り道も大変でしたか？」

「それが、帰りはずいぶん楽だったんですよ。どんな道を歩くのか、行きがけに一度見て覚えて、心構えができていたからでしょうね。それと、夜に菊香さんと代わりばんこにお互いの脚をさすって、疲れが残らないようにしてみたら、翌朝が全然違ったんです」

百登枝はにこにことうなずきながら、千紘の話を聞いている。

今日で四月が終わる。箱根の旅から帰り、千紘はいつもの日々に戻りつつある。

こうしてみやげ話をする機会があるので、はらはらどきどきする夢のようだった数日間の出来事が本当に起こったものだというのを確かめられる。

白瀧家の屋敷から、百登枝が住む井手口《いでぐち》家の屋敷まで、目と鼻の先だ。千紘は、帰り着いてすぐにでも百登枝にみやげ話を披露したかったが、病を抱えた恩師の体の具合を確かめるのが先だった。

百登枝は、季節の変わり目にはどうにも調子が上がらない日が続いてしまうという。今はちょうどその具合の悪い頃らしい。

箱根での日々の天気のよさから一転して、千紘たちが江戸に着くや否や、梅雨の訪れを告げる黒雲がどんよりと空を覆った。

今日はまだ降り出してはいない。が、ごろごろと唸る雷が聞こえている。まもなく土砂降《どしゃぶ》りになるのではないか。

百登枝は頬に手を当て、細い首をかしげた。

「それで、騒ぎを収めた後は、ようやっと温泉を楽しむことができたのかしら?」

「もちろんです！ 燕助さんがかなり気に掛けてくれたおかげで、たっぷり温泉に入ることができました。体と心の強張《こわば》ったところも、すっかりほぐれましたよ」

あの大捕物の夜のことだ。

男たちが引き揚げてくると、時を見計らっていたらしい燕助が、提灯を手に佐伯道場に現れた。

「皆さん、お疲れさまでした。うちの離れにちょっとした食事を用意したんで、よかったら、今からいらっしゃいな。温泉で汗を流してもらってもかまいませんよ。怪我をした人はうちで療治してください。部屋を空けておりますので」

何から何まで、至れり尽くせりである。

欣十郎の話によると、これまでの捕物においても、たびたび胡蝶屋に世話を焼いてもらっていたという。

燕助が江戸から戻ってきて、欣十郎にとってはなおのこと、やりやすくなった。燕助は元箱根で顔が利くし、若旦那でも奉公人でもないという気楽な身の上だ。気働きができて機転も利く。

千紘も菊香も、捕物のことが気になって、当然、その晩は起きて待っていた。戻ってきた男たちが皆、明るい顔つきをしているのを見て、ようやく気を緩めることができた次第だった。

そうすると、汗をかいてそのままだったのが気になり始めた。知らず識《し》らずのうちに強張らせていた体は、あちこちががちがちに凝《こ》ってしまっていた。

千紘と菊香を含む皆で提灯を連《つら》ねて、胡蝶屋への道を歩いた。

山並みにぐるりと取り囲まれた空は、少し狭い。その空いっぱいに星がまたたき、天の川が白々《しらじら》と横たわっていた。

ほっとした気持ちでつかる温泉の、何と心地よかったことか。体じゅうから、凝りや疲れや痛みが全部、溶け出していくかのようだった。

明かりをともした湯殿には、甘く爽やかな匂いのするお香が焚かれていた。胡蝶屋名物の「美人の湯」である。湯殿は広くはなかったが、千紘と菊香の二人で入るにはちょうどよかった。

天窓からは星空が見えた。

湯殿の世話をしてくれる女中が、秘密めかして言った。

「混浴のほうの湯殿は広いんですがね、母屋の向こう側《かわ》にあって、天窓からは山ばっかり見えるんです。美人の湯はお空が見えて、男どもの声も聞こえてこない。ほっとできるでしょう？」

燕助が以前言っていたとおりだ。何かと気掛かりなことの多い女の旅路においては、胡蝶屋の造りがありがたがられるという。

手習いの『女大学』で「男女、席を同じくせず」云々《うんぬん》と学んだ千紘でも、湯屋の間仕切りが薄っぺらいことを仕方がないと思っていた。そういうものだと割り切るしかなかったからだ。

だが、のぞき眼鏡の一件のせいで、「そういうもの」がぐらぐらと揺らいでしまった。本当に怖くなった。

その気持ちを和らげてくれたのが、胡蝶屋の温泉であり、燕助や女中の心配《こころくば》りだった。

湯上がりの菊香は、目元も頬もほんのりと赤らんでおり、色っぽくてかわいらしかった。男たちには見せたくないと、思わず千紘が口走ったら、菊香はくすぐったそうに笑って、千紘の頬に掛かったほつれ毛を指ですくって言った。

「千紘さんもですよ。わたしが独り占めしてしまいたい」

そして千紘と菊香は、額を寄せ合って笑ったのだった。

百登枝は、千紘の話をうなずきながら聞いていた。それから、ほっと息をついた。

「嫌な思い出には、よい思い出を重ねてしまうのがいちばんですね。悪い人がいたせいで素晴らしい温泉を嫌いになってしまうというのは、悲しいことですもの」

「大丈夫ですよ。嫌なことや怖いことがあった後に、楽しいことが本当にたくさん起こったんですもの。お蕎麦もですが、お料理がおいしかったんです。山女魚や鮎も、雉やすっぽんも食べたんですよ」

「雉もすっぽんも、滋養《じよう》によいと聞きますね」

「思っていたよりもずっと、あっさりしたお味でした。特にすっぽんは、食べたことのないようなぷるぷるした歯ざわりで、とてもおいしかったんです」

千紘は結局、雉やすっぽんを捌くところは、いざとなったら恐ろしくて見ることができなかったが。

けれども、つぶさに見て恐れをなして箸をつけられないより、湯気を立てる料理になったのをちゃんとおいしくいただくほうが、きっとよいと思うのだ。

「百登枝先生も、温泉に行かれたことがあるのでしたね？」

「ええ、ずいぶん前に、草津《くさつ》の湯に。温泉も景色も素晴らしかったし、楽しかったわ。今でもよく思い出します」

「草津ですか。わたしもいつか行ってみたいわ」

百登枝は微笑んでうなずくと、千紘が渡した箱根みやげを改めて手に取った。

「寄木細工というものは、いつ見ても美しいものですね。わたくしの手の上に載ってしまうくらい小さくて細かいけれども、この千鳥模様はどこまでも続いて、飛んでいくかのよう」

「その小箱は秘密があるんですよ。何と、七つの仕掛けを解かないと開かない仕組みになっているんですって」

「おやまあ、千紘さんは解けたの？」

「いいえ、試してみたけれど、ちっとも歯が立ちませんでした。だから、答えを教えてもらっちゃったんです。でも、きっと百登枝先生なら、ご自分で解いてしまわれると思います」

「あらあら、どうかしら。若い頃は、こういう謎解きが大の得意だったのですけれど。まあまあ、おもしろいこと。こんな仕掛けを思いつく人、作ってしまう人がいるのですね。素晴らしいわ」

百登枝はくすぐったそうに笑う。ほんの少し、喉の奥がひゅうひゅうと鳴るのが聞こえる。

齢六十七になった体というのは、どれくらいつらいものなのだろうか。百登枝と同じ年頃で、もっとぴんぴんしている人もいるけれど。

いつまでもお元気でいてほしい、と千紘は願う。箱根や草津の温泉を運んでくることができるなら、百登枝の体を癒やすのに一役買えるだろうか。

百登枝は千紘に問うた。

「千紘さん、今日はこれから何か用事がありますか？」

「あ、はい。菊香さんが泊まりに来るんです。ひょっとしたら、もう着いているかも。今日は一緒にお饅頭を蒸すことにしていて、いろんな餡《あん》を用意してあるんですよ。小豆《あずき》餡に、味噌餡、枝豆の餡も作ってみたんです」

「まあ、それは楽しそうですこと。ならば、ここでぐずぐずしてもいられませんね。いえね、あと半刻（約一時間）もすれば、悠之丞《ゆうのじょう》が出先から戻るはずなのですけれど」

百登枝は孫の名を挙げた。悠之丞は井手口家の若さまで、千紘より二つ年下の十七である。去年あたりから、千紘と百登枝と悠之丞の三人で、よく茶を飲みながら話をするようになった。

千紘は、菊香との約束と百登枝の言葉を頭の中の天秤《てんびん》にかけた。どちらにも傾かない。どうしたものかと唸ったら、百登枝がゆるゆるとかぶりを振った。

「ごめんなさいね、困らせることを言ってしまって。いいのですよ、千紘さん。雨が降らないうちに、屋敷にお戻りなさい。また日を改めて、悠之丞にも箱根のみやげ話を聞かせてあげてちょうだい」

「はい、わかりました。龍治さんと一緒に、若さまにもお話ししますね。百登枝先生は、ぜひそれまでに寄木細工の鍵を解いて、小箱を開けてください。中にお手紙を入れていますから」

百登枝は目を輝かせて微笑んだ。

「まあ、それは楽しみだわ」

千紘は井手口家を辞した。雲が垂れ込めて真っ暗な空を仰ぐ。まだ降ってきてはいない。念のためにと傘を持ってはいるものの、差さずに済むなら、それに越したことはない。

千紘は早足で歩き出した。雨の気配が感じられるせいか、あたりはいつもより人通りが少ない。

白瀧家の門が見えてきたところで、笠を目深《まぶか》にかぶった男とすれ違った。小柄な男だ。千紘の背丈ともさほど変わるまい。

草鞋履きの足取りは軽くしなやかで、ほとんど足音が立たない。

すれ違いざま、千紘は何となしに男に会釈した。男も会釈し、ほんの少し笠を上げた。

男の顎にほくろがあるのが見えた。

どこかで見掛けたほくろだ、と思った。

「あっ……」

箱根のみやげ物売りの次郎吉である。鼠小僧の正体は次郎吉だったと、大捕物の夜、龍治が確信を込めて証言した。

千紘は慌てて振り向いた。

角を曲がってしまったのか、足音も立てずに駆け去ったのか、すでに次郎吉の姿はなかった。

「……いえ、あれは本当に次郎吉さんだったのかしら」

千紘はつぶやいて、前に向き直った。

急がなければ、雨が降り始めてしまう。

千紘はせかせかと足を交わし、家路を急いだ。

しまいには駆け足になって、千紘は屋敷の勝手口に飛び込んだ。

「ただいま戻りました！よかった、雨に降られずに済んだわ」

「遅かったな。百登枝先生とはお話しできたのか？」

勇実はのんびりした声で言って、座敷から顔をのぞかせた。腰を下ろしたままで、体をのけぞらせているらしい。ちょっと行儀が悪い。この兄ときたら、日頃からもうちょっと、しゃんとできないものなのだろうか。

千紘は首筋の汗を拭きながら答えた。

「ええ。今日は百登枝先生の具合がいいみたいだったから、つい長話をしてしまいました。あっ、菊香さん！　もう着いていたのね。お待たせしました」

「琢馬さんも来ているぞ」

「あら、いらっしゃいませ。今から菊香さんとおやつを作るんです。召し上がってくださいね」

千紘は早口で言いながら、座敷に顔を出して琢馬にお辞儀をし、台所で待つ菊香のところに向かった。土間では女中のお吉が繕《つくろ》い物をしている。

さーっと涼しい音を立てて、雨が降り出した。

この作品は双葉文庫のために書き下ろされました。

双葉文庫

は-38-07

拙者《せつしや》、妹《いもうと》がおりまして❼

2022年10月16日　第1刷発行

【著者】
馳月基矢《はせつきもとや》
©Motoya Hasetsuki 2022
【発行者】
箕浦克史
【発行所】
株式会社双葉社
〒162-8540 東京都新宿区東五軒町3番28号
［電話］03-5261-4818(営業部)　03-5261-4833(編集部)
www.futabasha.co.jp(双葉社の書籍・コミックが買えます)
【印刷所】
中央精版印刷株式会社
【製本所】
中央精版印刷株式会社

【フォーマット・デザイン】
日下潤一

落丁・乱丁の場合は送料双葉社負担でお取り替えいたします。「製作部」宛にお送りください。ただし、古書店で購入したものについてはお取り替えできません。［電話］03-5261-4822(製作部)

定価はカバーに表示してあります。本書のコピー、スキャン、デジタル化等の無断複製・転載は著作権法上での例外を除き禁じられています。本書を代行業者等の第三者に依頼してスキャンやデジタル化することは、たとえ個人や家庭内での利用でも著作権法違反です。

ISBN978-4-575-67132-2 C0193
Printed in Japan